日々ごはん①
高山なおみ

日々ごはん①　もくじ

＊おまけレシピ

はじめに

ヒッチコックの映画に『フレンジー』というサスペンスがあります。筋はほとんど忘れましたが、その中に出てくる警部の奥さんのことだけは、しっかりと覚えています。

別に料理家ではないのだけど、この奥さんは、日々料理を研究しています。そして、帰ってきた旦那さんをつかまえては、「あなた、今日はめずらしいグラタンを作ってみたのよー」なんて、フリルのついたエプロンで料理を運んでくるんです。

いつも殺人事件など、血なまぐさい現実にもみくちゃにされている旦那さんは、家に帰って来るとその明るさにほっとします。奥さんの作るとっぴょうしもない料理に、本当はちょっとだけうんざりしているけれど、奥さんのことを、心から愛しているのです。

実は私、淡々と日々を送っているのにいつも楽しそうなこの奥さんが、憧れの女なんです。
さてこの本は、「ふくう食堂」という私のホームページで書き綴ってきた日記です。二〇〇二年の春先から、その年の夏の終わりまでを第一巻としてまとめました。日記なので読み苦しいところもあるかと思いますが、ライブ感を大切に、できるだけそのままの形に残させていただきました。高山家の毎日の、ささやかな晩ごはんメニューつき。たまにはちょっとしたレシピもあるので、皆さんの台所でもお役に立てたなら、とてもうれしく思います。

高山なおみ

＊「ふくう」というのは、「福を食う」という意味です。

カバー・本文装画　鈴木里江
章扉手描き文字　高山なおみ
造本　アノニマ・デザイン

2002年 2月

私は味噌汁を作る時、こんぶとにぼしでだしをとるが、にぼしの頭は取りません。

二月十六日（土）

自宅で打ち合わせ。

ドキュメンタリー・ジャパンの煙草谷さんの目は、らくだに似ていると思いながら、打ち合わせはどんどん進んでゆく。しゃべりべたの私の言葉を、煙草谷さんがちょうどよく翻訳しながら、どんどんメモしてくれる。

その時にふと思いついて出したお茶が、思いのほかおいしかった。「ふるさと万年茶」という名前のいろいろ混ざっているお茶に、三年番茶を混ぜて沸かすまではやっていたが、生姜のかけらと、レモングラスと、前に撮影用にと作った、柚子皮の干したのを混ぜてみた。これがなかなかいけました。和風ハーブティーという感じ。こんどは、シナモンスティックも少し混ぜてみようと思う。

いま、台所に行って「ふるさとまんねん茶」の袋を見てきました。あまちゃずる、ハトムギ、プーアール茶、とうきび茶、熊笹茶、はぶ茶、くわ茶、霊芝、おおばこ……その他全十八種類調合。和風ハーブティーはしかし、番茶と生姜とレモングラスだけでもいけると思う。

夜は、新ごぼうがあったので、「太陽」のをまねしてごぼうハンバーグを作る。「太陽」のは、なんであんなにあぶらっこいうまさなのだろう。マヨネーズが入っているのだろうか。赤ワインの残りがあったので、バルサミコ酢と醤油も加えて煮つめ、ソースを作った。けれど、赤ワインのせいで酸っぱすぎた。入れない方がよかったな。

夫のために、ブロッコリーと人参を山ほど茹でて添える。りう（娘）はきれいに食べてくれました。

ごぼうハンバーグ
ブロッコリーと人参のゆでたの
和風ハーブティ

二月十七日（日）

今日の「クウクウ」は日曜日なのに暇でした。

早めに終わったので、三月からのおすすめワインの試飲会。どれもイタリア産。去年からお世話になっている、三鷹にある「やまもと酒店」のおすすめ春向きワインの数々。この山本さんは、現地に自分で出向いて行って味見をしたおいしいワインを、買い取って来るのだそうだ。しかも自家用コンテナーで運ぶらしい。だから、おいしいワインを安く仕入れることができる。

「クウクウ」のみんなで勝手にのびのびと意見を言い合う。これは木の味がするとか、のどのこのへんで味がして広がるんだけどキレがいいとか、こっちの方が好きとか。「私、赤ワインてだめなのにこれはだいじょうぶ。ピーッてなんなくておいしい」と、ちいちゃんは真面目な顔をして二回ぐらい言っていた。

そのうちにみんな酔っ払ってきて、鉱物の標本をみんなで見始め、これがきれいとか言っている。なんで鉱物の標本が？　私は先に帰って来た。

自転車をこぐ風に、暖かさがもう混じっている。

二月十八日（月）

コンビーフとトマト缶でパスタのソースを、スイセイ（夫）たちの晩ごはん用に作り、「ここにキャベツかほうれん草も入れな」と言い置き、メディアファクトリーで打ち合わせ。

丹治さんは今日も襟のつまったシャツで、文学青年のようなかわいらしさ。アシスタントの女の子を、なっちゃんのコマーシャルに出てくる子に似ているので、みどりちゃんは「なっちゃん」と迷わず呼んでいた。「はい」と答える素直ななっちゃん。

打ち合わせが終わって、丹治さんが連れて行ってくれたのは中目黒の大衆居酒屋「藤八」。おやじ度が高い、というかおじいちゃんサラリーマンでいっぱい。つまみはどれもうまく、自家製はんぺんという、ご飯のかたまりのようにも見える、ほかほかと蒸した白身のかたまりは、おかわりしたくなる。

いかの丸焼きは焼き加減もワタのとろけ加減も上手。ヘルシーサラダはイタリア風。腸詰めまである（帰りがけに見たらカウンターのところにつるしてあった）。チャンジャも四百五十円で小鉢にぎっしり入って出てきた。

なんで、こんなに安くしかもひとつひとつしっかりおいしいのだろう。

皿とかは適当なのに、盛りつけも適当な気もするのに、素材が良いことと、（素材の）さわり方が適正なことで、ひとつひとつ満足する。いかのかき揚げは、体に悪そうだけどうまいんだよという味と揚げ加減。

うーん、人間の食の好みをよくわかってるなぁと感心していたら、グラスを倒し割ってしまいました。

スカートの中までぬれた。片づけているおねえさんに聞こえるように、「まだ酔ってないのにねー」とみどりちゃんが二回も言ってくれた。

そして、お決まりのコース「太陽」へ。

尊敬するデザイナーの立花君に会えました。しかも、いっしょにお仕事できるかもしれない。みどりちゃんのおかげです。私は酔っ払っているのと感激で、うれし涙をこぼした。

帰りのタクシーに乗る時、丹治さんにしっかり抱きしめられ、抱き返した気がするが、なんとなく女同士の抱擁って感じになるのはなんでだろう。

吉祥寺駅でタクシーを降り、てくてくと気分よく歩きながら、途中感きわまって「みどりちゃーん」と夜の空気に向かって小さく叫ぶ。

二月十九日（火）

軽い二日酔いだが、さわやかに起きました。けどもう二時だ。晴れわたっている。明日の打ち合わせのスープと鍋のレシピをまとめる。

スイセイがひさびさに飲み会に出かけるので、今夜はうどんでもしようかと思う。卵でとじた甘じょっぱいやつ。そして、きのうみどりちゃんに借りた『シマノホホエミ』を布団の中でゆっくり読もう。

今、お腹がすいて目がまわってきたので、サッポロ一番のみそラーメンを作っています。蕪の葉っぱを入れて。

ハルタさんからひさびさに電話がかかり、近況を報告し合う。そしてホームページの誤字脱字などを直す役について質問。やっぱり私が自分でやるんだろうなと、結論を出した。そんなことまでスイセイに頼むのは、妻として申し訳ないから。

けっきょく夜になってりうが帰って来たので、ちゃんとごはんを作ることにした。冷蔵庫には何もないので、玄米を炊いて、南瓜の（カビが生えかけていたのをよくけずった。ごめんよ南瓜と思いながら）おかか煮と、山菜と菜の花の中間のような緑紫の野菜の炒めもの、切り干し大根の味噌汁と納豆。ねらわずしてベジタリアンになってしまった。おいしく食べました。

『シマノホホエミ』はすばらしかった。写真はもちろんだが、文章がすごくいい。泣きました。長野さんの、被写体に対しての愛情のようなものが伝わってくる。それは、人物に対してだけでなく、この世の中というもの全部が被写体という意味で。愛情はべたべたとしたものでなく、色白の少年のようなシャイで湿っていない感じ。

南瓜のおかか煮
緑紫の野菜の炒めもの
切り干し大根の味噌汁

二月二十日（水）

「クウクウ」の今日のおとうしは、星丸くんが作ったタプナードの残りがあったので、クリームチーズに混ぜました。アンチョビソースと黒胡椒も加えて。にんにくも入れようかと思ったけれど、パンの方ににんにく入りオリーブオイルをかけることに。

夜帰って来たら、スイセイが玄米を炊いていた。

「おかずは?」と聞くと「なんにもないけえ、大根おろしをしよう思うて」と言うので気の毒になり、鮭を解凍して焼きました。味噌汁も作った。

風呂から出たそのままの格好で、窓を開けて風を味わったり、ストレッチなどできることの家が私は好き。三階なので。向かいに住宅がないので。

そういえば、おとといぐらいの新聞で、島尾敏雄の日記が出てきたので公開されるという記事が出ていた。『死の棘』のもとになったと推測される日記らしいが、そういうのってどうなんだろうと思う。研究している人たちには、とんでもなくありがたいことなのだろうとは思うが、なんだかいやだなあという気がする。あの世にいる島尾さんは、いやなんではないだろうか。なんとなく。

二月二十一日（木）

早起きして合羽橋に行って来ました。

行くたびに思うのだが、あそこは好きだなあ。業務用のさまざまな道具というのは、丈夫そうなところもすがた形も、実にムダがなく美しく健全。ひとつ困ることは、同じような店がたくさんありすぎることだ。だから私は、お気に入りの店を二軒ほど決めている。そのうちのひとつは、おじさんふたりとおかみさんでやっている、小さな店。ここの三人のかけ合いがいかにも下町っていう感じ。おかみさんは奥で伝票を書く役で、おじさんふ

塩鮭と大根おろし
味噌汁
玄米

たりはたいがい店の入り口や中でうろうろしている。うろうろしているから、お客さんは気軽に声をかけやすく、どんな質問にもすぐ答えてくれる。質問だけして買わなくてもいやな顔をしなさそうな、いつも同じ態度のおじさんたち。「これください」とおじさんに言うと、伝言ゲームのように奥にいるおかみさんに伝わってゆく仕組だ。「これもねー」とどんどん追加しても、すぐに奥さんのところに伝わる正確さ。気に入ったものをさっさと選んでさっさとお金を払うのが好きな私には、ぴったりのスピード。「銀行は近くにあるか」と聞くと、三人全員が寄って来て口々に教えてくれる。アジアの市場っぽい。しこたま買って配達の手続きをし、夕方から「クウクウ」へ。いちばんの収穫は、持ち手も金属の出刃。その重たさも形も、強くて無垢な青年って感じ。どっかの外国製だったような気がするけど忘れてしまった。

オザケンの新しいアルバムも予約しました。タワー・レコードで。その時、「ニューアルバムを」と言えばいいのに言葉が出なくて「新発売の」と私は言った。店員の女の子は笑わずに、ふつうの顔で「はい」と答えてくれました。人間て、気持ちの余裕がだいじだよなやっぱしと思う。

「クウクウ」に行ったら、かぼすが五個で七百五十円のをリーダーがわからなくて買って来ていた。しかも、しなびかけたものが。ふーっと悲しい寒気がする。かぼすの時期はやっぱり遅くても一月までだ。忘れないようにここに書いておく。明日からレモンに変えるように、しおりちゃんと決める。

二月二十二日（金）

一週間ぶりで鍼に行く。「忙しかったんですね」と先生に言われる。ここのところ、また左背中がしびれ痛かった。やっぱり先生は、さわっただけでわかるのだ。

夜ごはんは、さんまの干物としじみの味噌汁と茹でブロッコリーと玄米。この手抜き粗食を、三人が食べたい時にそれぞれで食べた。

家には今、チンしてあたためる枕のようなものがあります。

それを腰にあてたり背中にあてたりして眠る。最初は熱かったのが、だんだん冷めてきてほかほかとしてきたら腹にのせる。猫と寝ているようなつもりになって、腕の中にほかほか枕を抱いて眠ろうとする。それでも眠れないので、私は目をつむりイメージすることにした。

それは『波動干渉と波動共鳴』（安田隆著）に書いてあったやり方。実践するのは初めてだ。今まで会った人の中でいちばん「優しさ」を感じた人のことを想い浮かべる。または、「優しさ」を感じた瞬間やそのシーンのことを。

さんまの干物
しじみの味噌汁
茹でブロッコリー

波照間島の良美ちゃんが、エンジンのかからないおんぼろ自家用車に向かって、「ごめんね、良美が悪かったさ。ほっといてごめん、暑かったんだよねー。頑張って、うーんお願いさー」と本気で話しかけていた時のことを思い出しました。おどろいて涙と鼻水が出た、あの時の感じ。そういうことを声に出して言ってもいいんだな、思ったまんまの声と言葉で。それは子供の時によく私がやっていたこと。「あんた馬鹿じゃない」と姉にののしられて、だんだんやらなくなったことだ。

そして、あの時の自分の感じを色にしてみる。そのぴったりくる色が、あなたのラッキーカラーなんだそうだ。それは、幸せを感じる色ということだろうか。

じーん、と眠りながら良美ちゃんの声の感じを体感しているうちに、紅茶が出てきた。ミルクティーだ。そしてさらにビスケット。え、腹がすいているのか私は? とも思いながら、気がつくと眠りかけていた。

スイセイがふすまを開けて目が覚めたその直前、目の中の天井がサーモンピンクになっていた。

私はその色を感じながら眠っていたことがわかった。ホームページの地の色はサーモンピンクにして欲しいと言うと、スイセイは「だめ、黄色にしてって言って」とつぶやいて寝てしまった。

二月二十三日（土）

きのう、お茶の入った飲みかけのグラスが、りうの部屋に置きっぱなしになっているのを三ケ発見。しかもひとつは白い膜がはっていて、いつの？ っていう感じだったので、「出かける前に流しの所に持ってくるように。洗わなくてもいいから」と注意しておいた。

今日はちゃんと流しに置いてありました。そして、夜中にケイタイで長電話をしていたので、それも昨夜注意した。りうの部屋は、下の階の家族の寝室だから。そういう時りうは、「うんわかった。ごめん。そうだね」と、すぐにあやまる。ほんものの親子って、そういう時けんかになったりするんだろうな、とよく思います。

編集の人にりうを紹介する時、「娘です」って言うのはいいけど、「その後みい（私のこと）はいつも、スイセイの娘。私のじゃない。かわいいでしょ」って言うのやめて欲しいと、この間りうに注意されました。傷つくのだそうです。「娘とだけ言えばいいじゃん」だって。りうは私のことを、母だよ、って友達に言ってるらしい。

りうの母親とは会ったことがないけれど、電話で声を聞いたことがある。そして、りうの部屋には、ゴミを捨てに行く母親の後ろ姿の白黒写真がはってある。学校の宿題でりうが撮って引き伸ばしたもの。私とりうの歳の差は、ちょうど二十歳です。

鶏のカリッと焼き
菜の花の辛子和え
冷やしトマト

さあ、そろそろ私も宿題をやろう。あさっての撮影のレシピと仕入れをまとめること。そして来週の撮影の仕入れをまとめておくこと。もうひとつは、きのう来た企画書を読んで、四ページ分のメニューを決めること。あと、クレソンについてのコラムを書かないと。「木村や」の黒糖レーズンパンはうまし。甘いパンには無塩バター派の高山です。スイセイが自分のとついでにインスタントコーヒーをいれてくれる。たのんだので。

夜ごはんは、鶏の酒蒸ししたのに片栗粉をまぶしてカリッと焼いたのに、葱ソースをかけた。下にキャベツをたくさんしいて。あと、菜の花の辛子和えと冷やしトマトと大根の味噌汁。私は味噌汁を作る時、こんぶとにぼしでだしをとるが、にぼしの頭は取りません。取ったのと取らないのとでは味が違うけれど、残った頭の使いみちがないし、私は苦味も味のうちと思っているので。そんなに苦くないし。

りうが、もう『花子』をみて来た。ユーロスペースでやっているらしい。

二月二十五日（月）

陽がさんさんと入るリビングで、いい調子でゆっくり、ひとつひとつ進んでゆく『レタスクラブ』の撮影。日置さんと池ちゃんと藤原さんと私は、のんびりムード。だけど、日置さんがカメラをかまえると、すっと緊張がおとずれる。キッチンで次の料理を作りながら、一瞬、幸せだーと味わった。

まだ明るいうちに終わったので、私とスイセイは昼寝。今夜の飲み会にそなえて。銀座の高級やきとり屋「バードランド」に、今日の撮影のメンバーと現地集合なのだ。バリバリに酒が強い、レタスの本澤さんもいっしょ。

「バードランド」はすごいおいしさだった。椎茸の軸や舞たけまで肉づくり（肉の味がするという意味）。ものが良いのだ。しかし、おいしすぎて胸がいっぱいになりすぎると思ってしまう私。

二月二十六日（火）

ドキュメンタリーのロケハンのために、らくだの目の煙草谷さんが来た。いっしょに自転車で出勤。途中、いつも行くクリーニング屋のおばちゃんに、撮影の許可を取る。なんでかわからないのだが、私の好きなおばちゃん。ふくよかで、いつもこぎれいにしていて、下町っぽいおばちゃん。いちど、おばちゃんが夢に出てきて私にごはんを作ってくれたことがある。茄子の炒めものが、ピカピカとしてすごくおいしそうだった。なんか、あんまり知らない人なのに、この人の料理はおいしそうだなと思う人っている。かっぽうぎが似合いそうな。

二月二十七日(水)

「クウクウ」から帰って来たら、カレーが作ってあった。

豚肉とキャベツとじゃが芋のカレーだ。スイセイが作ったサラッとしたカレー。

「みい、これほんとにおいしい」とりうが言うのでひと口もらった。うまい。和風な感じ。

同じカレールーを使っても、作る人によっていろいろだ。これはスイセイ風カレー。

夜中に仕事をしているスイセイに、グレープフルーツをしぼってジュースにしてやる。ジュースをしぼる時、いつもペルーを思い出している気がする。だから私のジュースはいつもペルー風だ。氷を入れない。

みかんのようなオレンジを半分に切って、レモンしぼり器の大きいので、無造作にどんどんしぼるインディオの三つ編みの女の子。マチュピチュの遺跡だったかクスコの市場だったか、だだっ広い広場の片隅で「フーゴ! フーゴ!」って叫んでいた。ジュースのことだ。ペルーの高級ホテルでも、朝ごはんの前に必ず小さいグラスに入ったフーゴが出てきた。国内線の小型飛行機の中でも、ゼリーのカップみたいなのに入ったフーゴが出てきた。そのどれもが、すごくおいしかった

豚肉とキャベツとじゃが芋のカレー
グレープフルーツジュース

二月二十八日（木）

今日の「クウクウ」は大忙しだった。明日からの春メニューの準備で。

リーダーは普段ホール係の娘なのだが、週にいちど厨房に入って研修のようなことをやっている。新人さんといっしょなので、厨房の仕事を細かく教えながら料理を作らなければならないのでたいへんだけど、私はなんとなく、リーダーといっしょに働くのが気に入っている。なんというか、良い空気が流れていて心地いいのだ。それはリーダーの心が真面目だからだと思う。人参を刻むのも、きれいに切ろうと真面目だし、後片づけも、早く終わらせようとするのではなくて、きれいに片づけようとしているので、真面目なのだ。

そういうのって、几帳面というのともまたちがうような気がする。どんな世界においても、もの作りをしている人共通の、ベースラインの意識という気がする。同じ仕事の時間を過ごすのでも、いいかげんに器用にやってしまうのと、のろまに見えても真面目にやるのとでは、得るものの中身がうんとちがう。その時はたいして気がつかなくてやりすごせても、後々、身についてくるものは雲泥の差っていう気がする。私は、亀のような真面目さんの生き方の方が好み。

春メニューの海老の蒸しもの用のタレがおいしくできたので、ここに書いておきます。

ナンプラー1カップ、レモン汁2個分、おろしにんにく1片分、にんにくオイル（にんにくを揚げて香りをつけた油）1/4カップ、黒胡椒少々、青唐辛子の酢漬け大さじ1。以上を混ぜ合わせる。こういうタレは、作ってすぐよりも二〜三日たってからの方が、なじんでおいしくなるようです。

＊お店用なので大量です。半量か1/4量で作ってください。冷蔵庫で一カ月はだいじょうぶ。

＊2月のおまけレシピ

新ごぼうのハンバーグ

合いびき肉250グラム　玉葱¼個　卵1個　パン粉½カップ　新ごぼう1～2本（切ってみてふたつかみ）　その他調味料（3人分）

ひき肉に玉葱のみじん切りと卵とパン粉を加えてよく練り混ぜ、ごぼうの短めのささがき（軽く水にさらす）を加えて、塩とこしょうします。

これを3つに分けてハンバーグの形に丸めます。まん中を少しへこますと、焼く時に火が通りやすいです。

フライパンに油をひいてハンバーグを焼きます。最初は強火で焦げ目をつけ、ひっくり返したらフタをして弱火で、中までしっかり焼きます。

ハンバーグを皿に移し、残りの肉汁を使ってソースを作ります。

肉の脂が多すぎて、あぶらっぽいようなら半分くらいペーパーでふき取り、酒かワインを1周まわしかけます。火は強火。

大きな泡が出てぶくぶくいっている時に、バルサミコ酢、醤油を2：2.5くらいの割りで加え、とろっとするまで煮詰めて、バターをひとかけ加えます。

あぶらっこい白いソースは、肉汁に生クリーム少しとマヨネーズを加えて煮溶かし、粒マスタードを加えて塩、こしょう。

つけ合わせは、クレソンを茎ごとざくざく切ってたっぷりどうぞ。

＊新ごぼうは、白っぽく、細くて短いのが3～4本入って売っています。冬のごぼうだったら、½本で充分です。

2002年3月

夕暮れの帰り道、梅やら沈丁花の匂いがしていた。
春が来るというのは、それを想うだけで、はーっと良いため息が出る気持ち。

三月一日（金）

撮影が終わって、ぱたんと寝てしまった。

私はくたびれると本当にダメ人間になる。某雑誌の編集者さんからの電話で起こされ、決定のはずの企画が通らなかったことがわかって、「他の先生にお願いしたらどうですか」と、ぐずる子供のように怒ってしまった。向こうだって困ってらっしゃるのに。話している間に気をとり直し、もういちど初めからメニューを考えることに。そうしなければならないことはわかっているのだから、文句を言わずにやればいいのだ。

メディア上のそういったもろもろのアクシデントに立ち向かうのが目的で、私は仕事をしているわけではないのだから。ひとり暮らしでがんばっている女の子たちに、自炊すると楽しいですよーと、おいしくて簡単な料理をどんどん発明して紹介することが、私のやりたい仕事なのだから。

夜は、家族三人でミミズの生態のテレビを見ながらごはんを食べた。撮影の残りのスー

撮影の残りスープ
塩鮭
買ったコロッケとクレソンサラダ

プと鮭の焼いたのと、買ったコロッケとクレソンのサラダ。りうも寝不足でくたびれているので、なんとなく皆何もしゃべらずに、ぼそぼそと食べました。クレソンのサラダには、にんにくじょうゆに米酢とごま油をほんのちょっと。すり胡麻もかけた。酢がおいしいと、なんでもおいしくなる。

三月二日（土）

鍼に行って来ました。体がふにゃふにゃになると、気持ちも柔らかくなるのだな。

ソーセージと蕪があったので、白いシチューにした。蕪は大きく切って形を残そうとしたのに、ぐずぐずに崩れてとろみの一部になった。けど、それがとてもおいしかった。

無人野菜売り場のところで買ったブロッコリーも茹でて食べました。なぜか無人ではなく、農家のおじさんが縁側に座っていて、おじさんにお金を払った。

三月三日（日）

ドキュメントの撮影で、今日は「クウクウ」で働く私を密着取材。

午後一時に自宅に集合して、朝ごはん風景などを写し、さあ出発。

カメラマンさんは、私の横や後ろにまわって自転車に乗りながらカメラをまわす。魚屋で仕入れ撮影を終え、じゃあ先に行ってますねと自転車をこいで横断歩道をわたり、角を曲がったら、カメラをかついでのぞいたままのカメラマンさんが、とつぜん飛び出してきて、私の横を走っている。すぐ後ろには、棒にボアボアしたマイクを掲げた音声さんが、奥さんみたいに張りついている。いったい皆どうするのだろうと思っていたら、そのまま私のこぐ自転車の横や後ろを、カメラマン、音声さん、らくだちゃんが走って追いかけ、「クウクウ」に着きました。

撮影用にひさびさに田舎パンを作ってみたが、サンの方がいつも作り慣れているから、よっぽどコツをわきまえている。練り方もダイナミック。途中、何度も質問をしました。すべてにおいて、私はレシピを考えるだけで、最初はいろいろ教えるけれど、実際に作り続けるのはスタッフなのです。そんな話をカメラマンさんにしながら、そういう目で見て働いた一日でした。「クウクウ」のスタッフたちって、いつのまにこんなに育ったのだろう。育ったなどと言ったらおこがましいくらい。すごいなあと感心。

それにしても最初から最後まで、私は少し興奮しているのか、おしゃべりになってしまい、うるさい自分だなあと、客観的に思いました。帰ってから、スイセイとワインを飲みながらホームページについていろいろ楽しく語り合い、最後は喧嘩にもなって、明け方ふたりで寝た。やっぱり、私は興奮していたのだな。

三月四日（月）

昼過ぎに起きた。

「リゾット風雑炊になってしもうた」とスイセイが作ってくれた朝ごはんは、玄米に、さつま揚げやベーコンやクレソンの茎が細かく切ったのが入っていた。味つけは塩だけなのだそうだ。なのにだしが出ていて和風でおいしい。私はすりごまをたくさんかけて食べました。ところで、スイセイはリゾットの意味を分かっているのだろうか。

あまりにも天気がいいので、散歩がてら電気釜を買いに。

どれも過剰な機能がついていて、掃除機みたいに流線型をしていて、うんざりしました。スイッチひとつで炊ける電気釜って、今どき何処を探してもないのだろうか。

けっきょく、中でもいちばんシンプルなのを買ってきた。帰りに蕎麦屋に寄って、てんぷら蕎麦。スイセイはとろろ蕎麦。ビールのつき出しに、コゴミのおかか和えが出てきた。こういうなんでもなく気のきいたつまみが出てくるのがうれしい。そして、お互いにたのんだものを途中で交換して食べ合うのが、いつも私たち夫婦のおきまりだ。

お金を払う時、おばさんが「いいわねぇ、ご飯がおいしく炊けますね」と、電気釜の箱を見て言っていた。

「おいしい魚屋」さんで、平目の刺身と甘鯛《だい》のひと塩と、鮭のカマともずくを買う。ここの魚屋さんは、刺身を買うとその場でお造りにしてくれ、小菊の花はもちろん、浜防風《はまぼうふう》なんかもさりげなく添えてくれる。魚の新しさは歴然だし、おじさんたちもいつもきりっと良い感じで、魚屋の仕事が本当に好きだっていう空気がいつも伝わってくる。しかも、わりあい安いのだ。だから、私は「おいしい魚屋」と名前を付けて週に一回はここで買っている。

夕暮れの帰り道、梅やら沈丁花の匂いがしていた。

春が来るというのは、それを想うだけで、はーっと良いため息が出る気持ち。

三月五日（火）

「クウクウ」は遅い時間からけっこう混みました。

バタバタと賄《まかな》いを作っていたら、リーダーが実家から送られてきた浅蜊やら小粒の牡蠣やら、ひな祭についた紅白の丸餅を持って来てくれた。広島の浅蜊、潮干狩りで採った浅蜊だ。スイセイの実家も広島なので見たことがある。ここいらでは潮干狩りはレジャーではなく、晩ごはんや、明日のおつゆ用にと、プラスチックのバケツを横に置いたおばちゃんたちが、大きいお尻をこちらに向けて、ぽつんぽつんと浅瀬にしゃがんで収穫しているのだ。

牡蠣は、リーダーのおじさんが採った。

そして、れんこんとクワイの揚げせんべいは、料理上手のお母さん作。薄くて香ばしくて薄塩で、毎年同じ味と形と揚げ具合。料理の先生だってこんなに上手にできないよ、といつも思う。こういう、家庭のお母さんがなにげなく作る料理っていいなあ。いつも作り慣れているものの、圧倒的な図太さがある。安心感か。

毎年、この季節になると送ってくださる、春の訪れを告げる収穫物だ。

三月六日（水）

きのうもらって帰った浅蜊を潮汁にしたら、ものすごい旨み。昆布の小さいのと酒と塩だけの汁なのに、浅蜊の精が強いのか。どうして魚屋で買ったのとはちがうのだろう。単に新しいとかそうでもないの問題だけでは解決できない旨さだと思う。別の種類の貝みたい。身がぷりっとしている。これが産卵期というのだろうか。きのうの賄いでは味噌汁にしたので、ここまではっきりとはわからなかった。浅蜊と塩、両方ともがすごいのだ。昆布はおよびでなかったなと思う。

きのうは小雨が降って寒かったけれど、今日は完全な春のような暖かさ。窓を開けると、

「ウィーンウィーン」とどこかで工事をしているらしい音が、遠くの方から聞こえてくる。暖かい陽気と、工事の音ってぴったりの組み合わせだなぁと、なんとなしに思う。

午後からはテレビの打ち合わせ。

他の二品はさらりと決まったが、ボリューム満点おかずというので苦戦。高校生の男子が帰って来て、「うぉー、うまそうじゃん」とかっこむようなメニュー。うーん、生姜焼きかトンカツしか思い浮かばん。

そして夜は「クウクウ」が終わって、ゴキブリ消毒。

青いツナギのゴキブリバスターズのご夫婦がやってくれている間、リーダーのひとり暮らしの部屋におじゃましました。台湾みやげの蓮の花のお茶などいただく。でっかい蓮の花のつぼんだのが、ポットの中で膨らんでいた。梅干しのような、わずかにハイビスカスのような、ほんのりとおいしいお茶。

三月八日（金）

ドキュメント撮影のために、らくだちゃんたちが来た。今日は、休日の自宅風景を撮影するのだそう。

私は朝（といっても昼だが）、起きたままの格好で待っているのは、そこまでしなくて

も いいなとはわかるのだが、風呂に入って、掃除機はかけないでおいたらいいのかとか、洗濯ものは？　髪形は？　などとぼんやりした頭で考えて、とりあえず中くらいのプライベートでいくことにした。テレビはビジュアルだけど、ドキュメントなので、見た目だけではないなと判断したので。休日といえど撮影だから半分は仕事だし、どんな格好をしていても、自宅にいる時の高山の顔は表われてくるものだろうと判断したので。

けっきょく、インタビューでものすごいしゃべってしまった。らくだちゃんて、質問のツボをたぶん直感的にわきまえていて、良い聞き方をするなーと思う。決まり切ってないし、控えめな言葉で質問してくるので、私の話は別のところにまで飛躍する。そして、その飛躍にしっとりと柔らかくついてきてくれる感じ。だから、私が今現在気になっていて思っていることの方に、つい話がなってゆく。そしてそれは、私もいちばん話したいことなので、楽しいので、どんどん話してしまう。そんな感じだ。

カメラマンさんは、撮る。なにしろ撮るというスタンス。ずっとカメラをのぞいていて、私が動くと、ズ――――イとゆっくり低姿勢のままカメラがそれを追って、気がつくとカメラにじっとりと見られている。「いま撮らないで」と言っても、「撮ってますよ」と低い声で言って、びくともしない。

けっきょく十時過ぎに終わり、そのまま夜ごはんタイム。

ビールもけっこう飲んでしまった私。カメラは回ってないのに、いつ写されてもおかしくないという気分が抜けませんでした。みんなが帰ってからも、(テーブルの下にカメラマンさんが隠れているかも)ってふと思うような感じ。そして、音声さんて、撮影の時はただそこにいるっていう感じで、威圧感を残さない人なんだけど、すごく細かい深いところまで見られていたな、と思わされる発言をしていた。ちっとも酔っ払ったように見えない彼が、ビールを飲みながら、もそっと、クールに。肉声っていうものは、じっと入り込んで聞いていると、とんでもなくいろいろな事がわかるのかも。

三月九日(土)

『アンアン』の撮影が無事終わり、もう一本の小さい撮影が終わったのは五時半。そして、次はインタビューだった。レコード屋さんなどに置かれる、小さい雑誌の。

一時間で終わるつもりが、若くてかわいらしい三人組みだったのでついついおしゃべりに。私はおばちゃんのようなノリになって、「食べなー、全部さらって」と、撮影の残りの料理を調子にのって出していた。皿まで洗ってくれた彼らたち。だからというわけではないが、うーん、いい子たちだった。

音楽の話で、彼らは「フィッシュマンズ」について聞きたかったらしいのだが、なんとなしに、「コンポステラ」の今は亡き篠田君の話に。編集君は若いのに、篠田君やら「コンポステラ」やら「ミュート・ビート」やら、私の世代のミュージシャンが好きだったので。それは、彼と音楽の趣味が似ているということなのだろう。

インタビューが終わってから思ったのだが、私の好きなミュージシャンに共通しているのは、詩だな。それは歌詞とか言葉とかいう意味の詩ではなくて、詩的というのだろうか。音と詩と声と演奏する彼らの動きのすべてから醸し出される、目に映る風景のようなものだ。

最近は、「ポート・オブ・ノーツ」が好き。「クウクウ」のシタ君が教えてくれました。あの、センチメンタル風だけど、実は逆のところにある、蜂蜜が指につくような景色に私はひたっています。まだライブを味わってないので、たのしみだ。

さすがにくたびれたので、温泉枕をふたつもチンして温め、首の裏と、腰や背中に当てながらぐったり眠りました。それで今さっき起きて、これを書いているところ。

そういえば、インタビューの女の子が、私の料理について初耳なことを言っていた。

高山さんて、料理を作っている時はひそやかな感じなのに、でき上がった料理がダイナミックとか、勢いがある。それでアンバランスな感じだとか言っていた。彼女は私の料理教室（朝日カルチャーの）にも来ていた娘だ。ふーん、見られているもんだ。ありがたいことです。

いま、私の頭には脱脂棉が詰っている。ふわふわしたものではなく、みっしりと折り重なって、言葉が緻密にすき間なく詰ったものが。だからもう寝ます。これを書いていたら、脳がぐらっときたので。

三月十一日(月)

風呂場の下の杏の花が咲き始めた。

ほの白い桃色の、ぼたっとした花。窓の隙間からのぞくと、向かいの白い壁に花の影が映っている。

夕方からメディアファクトリーで打ち合わせ。

ぎりぎり遅刻してしまいそうだったので、渋谷駅からタクシーに乗った。歩いても十五分くらいの距離なので、近過ぎてムッとしている運転手さん。それでもめげずに、道順を説明しました。地理も苦手だし、車の運転もしないので、どこが何通りなのかわからない。

「その先の道路を右に曲がると、大きな道路にぶつかるんです」

へたくそな私の説明に、「何通りですか?」としつこい運転手さん。私は明るい声で、メディアファクトリーのビルの周りの通りの感じや、近くに神社があることを伝えた。どうしてもそこに行きたいのだという思いを込めて。

そしたら、ぐっと伝わった瞬間がありました。

その時、沖縄に初めてひとりで行った時のことを思い出した。私がテレビに出ているとか、本を出しているとか、そんなことなどまったく関係のない場所で、私は自分の行きたい所へ、想いさえ強ければ、そして財布にいくらかのお金があれば、どこへでも連れて行ってもらえる。いくらべろべろに酔っ払っていても、想いさえしっかりしていれば、女ひとりでも危険なことなどない。その裸いっかんの自由さのことを、思い出した。

打ち合わせが終わり、「バル・エンリケ」へとみどりちゃんに連れて行ってもらいました。長葱のマリネや、背黒いわしのマリネ、セミ・ドライトマトのサラダ、塩だらとじゃが芋のオムレツなど、どれもとてもおいしい。塩が立っていなくて、酸味やオイルと混ざってなれていて、ていねいなおいしさ。セミ・ドライトマトを初めて食べたが、柔らかい漬物のようで旨みがしっかりあって、あれはおいしいものですね。

打ち合わせの時、真向かいに立花君が座った。白いトレーナーによれっとしたジーンズに毛糸の帽子をかぶっている。

私が用意したアイディアのメモをコピーした紙を、ただのA4のコピー紙なんだけど、机の上に三枚きちっとずらして並べて、その下に白いノートが開かれている。紙を持ち上げたりしても、また定位置に戻される。その指使いや、メモを書き込むほどよい場所。

ああ、この人って本当に紙の人だ。デザインというのは、こういうことなのだ。デザイナーという仕事は、この人そのものなのだな、と思いました。

私は自分の指の皺や、爪の中のきたないところを見て、隠したくなったけれど、きのう「クウクウ」で鍋を磨いたから仕方ないのだと思い直した。

私は最近よく思う。心中してもいいと思えるような、自分から出てくるものについて。

三月十二日（火）

「クウクウ」の日。

ガス釜の調子が最近ずっと悪く、周りがうっすら焦げて、全体的にご飯が黄色くなってしまうのを、どうしたもんでしょうとずっと気になっていた。黄色いご飯はお客さんに出せないので、賄いご飯がどんどんたまるのだ。

説明書をよく読んでみたら、お釜の底が汚れていると焦げやすくなると書いてありました。さっそくお釜をひっくり返し、底の部分をきれいに洗った。ついでに、本体もまわりの白いところもきれいに磨いた。あまりにもほったらかしで、（なんで上手に炊けないの！）と怒っていたことを反省しながら。

明日はどんな炊き具合になるかたのしみだ。

三月十三日（水）

ユーロスペースで『花子』を見てきました。おもしろかったー。

帰りに焼き肉が猛烈に食べたくなり、コンビニで焼き肉弁当を買った。蕪と里いもの煮込みうどんも作り、いま食べ終わったところ。

「クウクウ」のお釜は、少しはよかったそうだ。ほどほどに黄色いけれど、ちゃんと全部使えるくらいの焦げ具合。毎日、釜の底をきれいに洗うことにして、これからの様子を見てみましょうということになった。

コンビニの焼き肉弁当
蕪と里いもの煮込みうどん

三月十四日（木）

自信もなく楽しくもないことをやっていて辛い、という夢を昨夜みた。

そこはダンス教室のようなところで、体育館の中に六人くらいいる。まず、体を慣らすために五十メートル走らされるのだが、私は足がもつれてというか、本当に絡まるように足がなったまま走る。先生には馬鹿にされ、みんなには相手にされていないという夢。

私は、そういうことが自分は得意でないのだということさえわかっていない。得意でないのだったらやらなければいいのだと、今の私だったら思うけれど、夢の中の私にはそういう発想がなく、ただやみくもにドキドキしたり、卑屈になったりしている。頑張らなければと思ったり。それは本当に辛い気持ちだった。

目が覚めてからも、布団の中でじっとしていたのだが、今の「クウクウ」で、もしもそういう人がいたら、それはよくないことだなあと、ぼんやり思った。

若い頃って、私はそうだったような気がする。人には向き不向きというのがあるのに、憧れや自分を過大評価するあまり、何が自分のやりたいことかわからずに、けっこう辛い思いをしていたような。得意なことをしていると、楽しいし心地いいのでどんどん上達する。そして人も喜んでくれる。

「クウクウ」を夕方で上がり、ひさびさに自由な時間ができた。自転車で走りながら、顔がむくんでいるような、ふとクラッとめまいがよぎるような感じ。くたびれていたのだなと実感。

焼き魚を売っている魚屋さんで、スズキと秋刀魚《さんま》の焼いたのと、生もずくを買った。もずくは、「雑炊に入れるとうまいよ」とおじさんに言われ、「スープにもおいしいですよね」とつい答えてしまう。「ほんとはいちばんうまいのはさ、うずらを落として三杯酢だよな」と、続けるおじさん。生のもずくなので塩をしてない。能登半島のもずくだそうだ。

スズキと秋刀魚（焼いてあるもの）
もずく酢

業務用のでかいパックなところも気に入った。

うずらで思い出したが、きのう見た『花子』の前にやった映画の予告編で、「げっ」というのがあった。美男と美女が裸でからまって、卵黄をポトンと口移しにし、そのままキスをする場面。スローモーションだ。（醤油が欲しくならないか？）と、すぐに思いました。暗い映画ではない。陽光がたっぷり入る明るい部屋で、色白のきれいな裸のふたりがだ。たしか中国か台湾か韓国の映画だったと思うけれど、どうなんだろう。卵黄って、官能なのだろうか。生臭くはないか。

三月十五日（金）

鍼に行って来た。

帰りに無人野菜売り場で、野菜をいろいろと買う。今日も無人ではなく、農家のおじさんは縁側に座っていて、ゆっくりこちらに歩いて来た。お金を払いながら、小松菜の根元がぶりっと太いので、「ここがおいしそうですね」と声をかけると、「うん」とうなずいてうれしそうな顔になり、次に何か言うのかなと思う笑顔のまま「……」。

「……」は、おじさんは何かを思っているけれど、それが言葉にはならないという意味。ひと言で言うと、恥ずかしがり屋さん、照れ屋さん、無口な人。

ふつうなら、「炒めるとうまいよっ」とか、「茹でてちりめんじゃこかけるとバツグンだよっ」とか、いい加減な感じで続けるのがここではしっくりくるが、このおじさんは、笑顔の無言の言葉でした。

夕方、洗濯ものを干しながら、ゆっくりだが雲が動いているのがわかる。

下の庭や空き地には、白っぽい花びらがいちめんに散っている。杏の花びらだろうか。後で畳の部屋に行ったら、花びらが一枚舞い込んでいた。近くで見ると、薄桃色の花びら。

冬よりも、かえって春先に具合を悪くする人が多いのだと、鍼の先生が言っていた。冬の間に、砂糖やら冷たい飲み物やら多くとって、暖かい部屋でぬくぬくしていた人や、調子の悪さを冬の間に治しておかなかった人が、春先にいっぺんに具合を崩すのだそうだ。なんでだろう。春の強さにやられるのだろうか。だから今日は混んでいたのだな。

今夜のごはんは、試作大会。ベトナム酢豚と豚バラきんぴら丼だ。豚ばっかりなので、とっておいて明日のおかずにまわそうと思う。

三月十六日（土）

午後からテレビの打ち合わせで、女ばかり四人のスタッフが来た。いつもお世話になっている四人組だ。

来るなり、「ここら辺はもう桜が散りかけてるんですねー」と元気いっぱいにおっしゃる。まだ桜は咲いてない。杏の花だよと言うと、「でも似てるー、そっくりー」と口々に不思議がっていました。テレビの人たちって、いつも元気だ。テレビ局に行ってもそう思う。全員が元気なのだ。それで私も伝染して、だんだんに元気になる感じ。

スイセイを誘って近所の中央公園まで散歩に。

芝生の広場に座って、魚肉ソーセージをつまみに缶ビールを飲んだ。

お父さんと息子がサッカーボールで遊んでいる。その向こうでも、ふたりの男の子とお父さんが、飛行機で遊んでいる。ふっと、お父さんは芝生に寝転んで大の字になり、空を仰いだなと思ったら、男の子のひとりがもどって来て、お父さんにかぶさったりしている。

ああ、今日は土曜日で、明日は休みなんだ。

公園には犬を連れた人や、ひとりで紙飛行機を飛ばしているじいさん、桜の木の幹に座ってぼうっとしているおばさんもいた。そして夕方になって寒くなって来たので、ぽつりぽつりと帰って行く。きっと、家ではお母さんが晩ごはんを作っているのだ。ごはんができるまでに、お父さんと男の子は、いっしょに風呂に入るのだろうな。

私は今まで土、日と続けて「クウクウ」で働いていた。体が辛くなってきたので、これ

ベトナム酢豚
豚バラきんぴら丼
ブロッコリーの茹でたの

からは土曜日は休ませてもらえることになった。「クウクウ」で忙しく働いてくれているみんなのことを思うと、少し胸が窮屈になる。ありがとうと思う。

夕方のニュースで、桜は今週中には満開になるでしょうと言っていた。公園の桜は、もういつ咲いてもおかしくないような感じだった。中にはもう咲き始めている木もありました。

りうが、「このブロッコリー私好きだ」と、きのう晩ごはんの時に言っていた。

農家のおじさんのブロッコリーだ。茎が細く、みるくて（柔らかくての静岡弁）、茹でると深い緑色になる。私はおじさんの気持ちになり、うれしい気持ちがこみあげた。

三月十七日（日）

ひさびさに「クウクウ」を最後までやり、労働の喜びを感じつつ、終わって帰ってみるとひじょうに疲れている。左の腰が痛い。ひねりそうに痛い。今までなんともなく動いていた動きが、できないようになった。できるけれど、持続できない。後にひびく。若いというのは、それだけですごいことなのだと思う。けれど、年をとってからでないとそれに気がつかない仕組って、いったい何なんだろう。

じーんと背中と腰を布団にぴったりくっつけて眠った。

三月十八日(月)

明日の打ち合わせのメニューを決める。

夕方は図書館に行き、『リトル・トリー』をついに返してしまった。続けてインディアンものが読みたくて、『大地の子エイラ』を借りたが、だめだ。読めないかもしれない。字がぎっしりと小さいのだ。そして説明的な気がするのだ。『リトル・トリー』はおもしろかった。それに言葉が良かった。童話を読むような感じで、布団の中で三回くらい読みました。

十五年以上前に話題になった本だが、あの頃はいくら皆に「おもしろいよ、目からウロコだよ」と薦められても、ちっとも読む気がしなかった。なんでだろう。流行りすぎたからか。なんか、くさそうだなと思ったのだ。

あの頃は料理をしていても、栄養とか、体に良いとか、作物をだいじにしっぽまで使うとかいうのが、かっこ悪いと思っていた。ばばくさいと。今は、そういうことが実感でわかってきているので、私の料理は変わった。だから、『リトル・トリー』はしっくりきた。

昼ごはんに、波照間島の良美ちゃんが作ったじゃが芋を、せいろで蒸して食べた。塩とバターをつけたら、おいしいけどふつうの味。時々何もつけないで食べた。もったいないので。そうすると、良美ちゃんのじゃが芋の味がよくした。

三月十九日（火）

今、柿の種を食べながらこれを書いています。

スイセイは仕事でマックをやっているし、りうの部屋からもカシカシとキーボードの音が聞こえてくる。わが家はマック家族。夜中の三時だというのに。

今日は、雑誌の打ち合わせだった。編集の方は、お母さんという感じのいい雰囲気の大人の人でした。バランスをみるために、他の先生方のメニューをだいたい教えてくださったが、平松洋子さんのがやっぱり良かったなあ。男の人の料理って、良い素材のおいしいところだけをふんだんに使って、料理を作るようなところがある気がするが、平松さんのは、炒めものには絞った物を使うけれど、残った汁で工夫しておいしいつまみを一品とか……。（何を絞るかはまだ秘密にさせてください）いつも日常的になにげなく作っている感じが伝わってくる。（＊キムチのことです。）

その後は最後まで「クウクウ」でした。忙しかったなあ。

賄いで、良美ちゃんの畑のヘチマを、豚肉とキャベツと炒めた。冷蔵庫の賄い用ケースの中にあった「カラメル・ナンプラーソース」で。ベトナム風のソースだが、キャベツのウスターソース炒めの味。おいしくできました。ヘチマは軽く炒めるだけで、油をあまり吸わせなくても、汁をよく吸ってくれて、とろりとした茄子のよう。

三月二十日（水）

「クウクウ」は今日貸し切りパーティーだった。謝恩会だそうです。

今日が卒業式の学校って多いのだろうか。袴姿の女子大生をたくさん見かけました。二十人にひとりくらいの割で、洋服の娘がいる。「がんばれー」と、洋服の娘に心の中で応援しました。なんとなく。

家に帰ったら、試食の日々。今日もまた豚こま切れ肉だ。

子供の頃、私はよく肉屋に買い物に行かされた。買うものはいつも決まっていて、「豚の並肉《なみ》」というのだった。なんのことはない、今で言う豚こま切れのことだが。自分のことをなみちゃんと呼んでいたので、なみちゃんの肉とつぶやきながら肉屋に行くのがきまりでした。忘れないように。

ハーブを使った料理のことを考えていると、『バベットの晩餐会』をよく思い出す。バベットが田舎の辺鄙な場所で、教会の料理番になったばかりの頃、老人達に配るオートミールのお粥を少しでもおいしくしようと思って、ハーブらしきものを山の中で探している場面。村に一軒しかないよろず屋は食材がとぼしいから、バベットは山に行く。強い風が吹いていて寒い中を、立ち枯れた何かの植物の匂いをかいで、一瞬だけ微笑むバベット。何かのハーブをみつけたのだ。

三月二十一日(木)

昼間、強い風が吹いている。何かを吹き飛ばしそうな風。ごうごうと。

その音を頭のまわりで聞きながら、カーテンを閉めた部屋でひたすら眠った。夢をみては覚め、また眠る。

そして夕方からは「クウクウ」。

祝日なので大勢で働いた。いち時は「クウクウ」のスタッフ全員が出ているかも、と思ったほど。実際に、ひとりを除いて全員いた。十一人もだ。

オフィスで餃子を大急ぎで巻いていたら、お客さんはどんどん入ってくるし、スタッフはくるくると準備に忙しい。電話が何度も鳴る。ドアからは生ぬるい春の風がビュービュー吹き込んでくる。あー、もの狂おしい春の空気だ。花見をやってる人々は、こういう日はよけいに酔っ払いたくなるのではないだろうか。

新人さんにそのつど教えながら、トッピングや材料をひと皿ずつ支度するのが私の今日の役目。そして「プリプリ三卓でーす」とかホール係に声をかける。大声で。プリプリというのは、「海老とれんこんのプリプリゆで餃子」の略。教えながら気がついたのだが、「クウクウ」の厨房の仕事って、体じゅう全開で動いているな。声も腹から出すし、誰かの言うことにすぐに反応できるように耳も開いている。

そして、冷蔵庫をバタバタと開けたり閉めたり、葱が少なくなったらすぐに切ったり、あらかじめ、次の作業を考えながら動くから頭も全開だ。使わないのは感情だけ。いやな気分になったりイライラしたりしたら、そこで動きの流れが止まってしまうから、感情だけはニュートラルな状態。いつも安定した柔らかい状態だ。

ホール係も皆同じなのかもしれない。中にはいやなお客さんもいるから、苦労も多いと思うが。

そしてスタッフの中で、ひとりでもいやな気分の人がいると、それって皆に伝わって、流れにほころびができる。だからオーダーミスや、皿を割ってしまったりしても、「クウクウ」では誰も怒らない。ミスしたら誰のこともせめずにすぐにやり直す。皿が割れたら「失礼しました」と、お客さんに聞こえるように皆で叫ぶ。すると誰かがちりとりをすでに持って来ていて、さっと片付ける。

内輪だけで楽しんでいたら仕方がないけれど、大きい店って、そういう連携プレイが楽しいのだ。時々テレパシーみたいに思うことすらある。

十時で上がって、ひとりでさわやかに飲みに行った。「晩酌や」さんへ。ここは手芸家の下田直子さんの旦那さんがやっているお店。カウンターだけだし、お客さんはご近所さんばかりなので、ひとりでも気楽。

アスパラガスのおひたしを作る時、旦那さんは茹で立てをうちわであおいで冷ましていた。えらいなあ。私は氷水でいっきに冷やして色止めするが、本当は少し水っぽくなるのだ。塩鯖など食べながら、テレビのメニューのダメだし分を考える。簡単調味料を使った料理だ。塩、味噌、醤油、酢、ソース、ケチャップのうちのどれかだけ。胡椒もただの胡椒しか使えないそうだ。カリカリひく黒胡椒はだめ。豚ばかり続くから豚はだめ。魚も他の先生がやってるからだめ。

ふーっと、ため息をつきながらビールを飲み干す。なんとなく体育会系の一日だ。

三月二十二日(金)

ちょっとばかし二日酔いです。

昨夜は宿題のメニューを考えながら寝たので、鶏肉に塩を多めにして、出てきた脂で葱を炒めてのっけて、わさびとレモンか……などとずっと悶々としていた。

半分ねぼけたまま。ねぼけていたわりにはまともなメニュー。調味料がシンプルなだけに、カリカリに焼くか網で焦がして風味をつけるかなどと、細部まで考えていたようだ。酔っ払ったせいで脳が柔らかくなっていたのかも。

最近、牛乳についても考えながら寝ている。牛乳のエッセイを書かなければならないので。半睡眠というかねぼけていると、私の脳はよく働くようだ。誰かちがう人の脳のようになるというか、ちがう人の考えを察知しているような感じさえする。

油をぬったり卵黄をぬったりする用の「クウクウ」のハケには、「料理バケ」と書いてあるが、時にそれを「料理ボケ」と読んでしまうことがある。自分のことだと思いながら。

編集の赤澤さんはすごい。熱があるから打ち合わせを別の日にという悲痛な電話が昨夜あったのに、今朝もう電話してきて歩いている様子。携帯なので声が歩いている。会社に出勤なのだそうだ。そして、「熱を下げる注射とユンケル飲んだから、もうぜんぜん大丈夫なんです」とおっしゃって、打ち合わせは今日か明日になった。えらいなあ。

外は花曇り。

きのうは強い風のせいで、木の枝がぼこぼこ落ちていた。枯れかけている弱い枝は、春の嵐で切り捨てられるのだそうだ。新しく生まれる生命のために。『リトル・トリー』に書いてあった。

夕方から雨。たまには雨もいい。とても静かな雨だ。

雨の音を聞きながら昼寝。病気の人になったつもりで延々十一時まで寝た。それでも何度も電話が鳴る。ファックスだの打ち合わせだの新しく入った仕事だの。ふつうの元気な人のふりをして、はきはきと電話を受けたりしていた。途中、菓子パンだの甘食だの布団の中で食べて、また病気の人にもどる。

スイセイにお願いして、買い物に行ってもらう。雨なので最初はいやがっていたが、「スイセイの好きなものを何でも買って来ていいよ」とおだてて頼む。

夜中に鶏肉を試作した。皮目を香ばしく焼くところを注意しながら。

玄米と菜の花のおひたしと卵入り味噌汁でおそい晩ごはん。りうも夜中にびしょ濡れになって帰って来て、タッチの差でごはんをひとりで食べることに。腹をこわしているというので、チンして温める枕を貸してやった。自慢の温泉枕だ。

三月二十三日（土）

夜、赤澤さんが打ち合わせに来た。

家庭教師のように隣に座って、私がメニュー案をひたすら紙に書いているのを見守っている。というか、ずっとしゃべりかけてくるのだが。私もそれになんだかんだと答えなが

鶏の塩焼き
菜の花のおひたし
卵入り味噌汁

ら、楽しくどんどんアイディアが浮かんでくる。しゃべっていると脳が活性化するものなのか。

夜中にスイセイと花見に。魔法瓶に熱燗を詰め、試食用に作った豚ご飯でおにぎりを急いでにぎって。

途中ジャージ姿の娘が、桜並木の通りをひとり歩いていた。そしてふとふり返ると、通りの真ん中に出て、ふらふらした足取りで上を見ながら歩いている。酔っ払っているのだろうか。

中央公園の桜は、真っ暗で近くに行かないと何が何だかわからない。若者のグループの声が向こうの方から聞こえてくるが、他には誰もいない。うんとしばらくして、犬を連れたおじさんが通った。桜って、咲く時は、全部の花がいっぺんに咲く。どの木もどの木も。馬鹿みたいで、えらいなあと思う。

三月二十四日（日）

メディアファクトリーの丹治さんが奥さんを連れて「クウクウ」にいらした。きれいな奥さんだった。透き通るような人だ。文学少女と文学青年のカップルだなと本当に思いました。勝手に。今日はふたりでフラのワークショップの帰りなのだそう。ばななさんや「クウクウ」のしおりちゃんも習っている同じ所の。丹治さんがフラか……。拝見してみたい。

「塩豚とキャベツと押し麦のスープ」を、死ぬほどおいしいですと、丹治さんはおっしゃっていた。死ぬほどという褒め言葉をひさびさに聞いた。それは、しおりちゃんのレシピ。私も厨房で味見をしながら「うまい！」と、いつもうなってしまうスープだ。「高山さん、いつもそう言ってますよね。それ味見するたびに」と、今日もユミちゃんにつっこまれたが、言わずにおれない味なのだ。

本当に、死ぬほどうまいのだ。じんわりして。

三月二十五日（月）

雑誌の撮影。

たったっと進んで、四時前には終わりました。

アシスタントのヒラリンは、完璧に私のやることを先まわりしていた。

私はせっかちなので、のっける器など用意せずに焼きのりをちぎり始めたり、にんにくをすりおろしたりしてしまい、ひとりでやる時は、のりのついた指でとか、にんにくの指のままで、冷蔵庫を開けたり皿をつかんだりする。しかし、ヒラリンはちょうど良いタイミングでさっと器を目の前に置いたり、醤油を出してくれたりする。何も言わなくてもだ。動きを読まれている。

ヒラリンが帰ってから、流しまわりがやけにピカピカになっている。いつ磨いたのだろう。この間など、鍋をピカピカに磨いてくれた。同じB型なのに、なんでこんなにも私と違うのだろう。

私はいろんな娘にアシスタントを頼むが、それぞれ皆違っていて、そしてそれぞれが皆良い。しおりちゃんには、もう完全に甘えてしまって、なんでもかんでもやってもらう。そして、しおりちゃんは注意してくれるのだ。「高山さん、胡麻かけるんじゃなかったでしたっけ」と。ありがたいことです。

そう、しおりちゃんの作る料理はすばらしい。本で見ても、テレビでやっていたからでも、しおりちゃんの体をひとまわりして出てきた料理だから、味がなれ親しんでいる。素材はちょうどよく煮えていきいきしている。盛りつけにも華がある。しかも大盛り。「食べな」と、料理が言っている。

私は今年になって夢をみた。何か啓示じみた夢。というか、はっきりとした言葉になっていた。

「匿名の人になったつもりで、これから料理を作りなさい」だって。

それは自由の匂いがする。果てしない。

しおりちゃんのように、何にもとらわれず、おいしいと思う料理を作りなさい。本を出すための料理ではなく、スピード料理というテーマだからではなく、エスニックでなければいけないわけでもなく。人が「おいしいね」とにっこりしてくれる顔には、無垢が出てきてくれるのだから。

いま気になっていて、忘れずに明日買おうと思っている本。高野文子のマンガ『黄色い本』と、『アンアン』増刊号『クウネル』。

『クウネル』にはみどりちゃんの高知の記事が載っている。今日新聞を見たら、「高橋みどりの、風が通る部屋」と大きく出ていた。早く見たい。

三月二十六日（火）

ひじょうにシェフらしい日だった。

というのは、三時から入って仕込みをスタッフにまかせ、倉庫の食材や器などの整理。そして営業が始まったら着替えてカウンターに座り、料理をオーダーし、味チェック。かなり細かいところまでチェック。と言っても、マスターとワインなど飲みながら、パクパクと食べ、つもる話をしながらだ。

ホールの子たちがやっている連絡ノートを見ながら、私は機嫌良く酔っ払った。というのも、かわいらしいのだ。真面目で。

ホールの子たちが、仕事内容のいろいろな事を「新しいやり方はこうです」とか、「いや、こっちの方がもっといいと思いますがどうじゃろ」とか、自分たちで良いアイディアを発明しながら、ノートにそれぞれ書き込んである。中学校のクラブ日誌みたいな感じ。そして全員がまわし読みをしているらしく、サインをしてある。

シタ君は、裏の洗濯機の前で、水栽培で大きく育てた植物たちの植え替えをしていた。ひっそりと背中を丸めて。寒いのに。シタ君は好きなことをやっているだけと言うけれど、そういう緑色は、確実に誰かを良い気持ちにさせる。植木の鉢を持ってホールをウロウロしているシタ君。にやにやしながら。

厨房では、星丸君が炎を上げてカンカンと中華鍋をふるっている。へんな店だ。

三月二十七日（水）

テレビの収録。

フジテレビのスタジオに行く時、私は一度として晴れやかな気分のことなどない。朝早いし。

ゆりかもめに乗ってレインボーブリッジを渡ったって、いつも心は暗い。いやだなあ、行きたくないなあといつも思うのだ。ウォークマンでオザケンをMAXで聞きながら、気分をむりやり盛り上げる感じ。

そして、スタジオに入ってフードさんの花ちゃんたちやスタイリストの目黒さんに会うと、元気になっている自分がいる。リハーサルの頃には腹から声が出て、私をとり囲む大勢に料理の手順を教えている。

鶏のねぎ塩焼きは、想像以上の出来でした。塩だけなのに深い味。リハーサルの後、「先生、うまいよこれ!」と、いろんな人に褒められました。郁恵ちゃんも「ほんとにおいしいねぇ先生」と褒めてくれた。心からの顔をしてくださり。

三時前には終わり、原君宅へ。

本当に久し振りだけど、お母さんは覚えていてくれた。名前をではない。私という人のことを。

いちばん元気だったのはお母さんかもしれない。歌もよく歌ったし、よく笑った。マッナリと原君が友だちの女の子のことを話していて、「知ってる? あの人のこと」とか言っていたら、それまで歌を歌っていたお母さんが、「ねえ、スエジって知ってる」と若者のノリで会話に加わってきた。スエジって誰だ。お母さんしか絶対に知らない人だ。もうとっくに死んでる人だろう。原君も初めて聞いた人らしい。その言い方が、「ねえねえ、スエジって奴いたよねえ」という感じ。完全に私たちの波長にはまっている言い方。かというと、自分の母親のことを「お母さんどうしてるかしらねえ。元気かしら、もうずっと会ってないけどねえ」などと言う。とうの昔に死んでいるのに。

ビデオの「美しき天然」の歌のバックで、雲の下に海がひろがって写っている。ぴかぴかと水面が光り輝き、山々はみずみずしく、これから朝が刻々とやってくる景色。歌いながら、「ああゆう人がいることをね、忘れないようにっていう歌なのよこれは。神っていうかね、人間のせいではないってね」などと、私に教えてくれもする。「謙虚にならなけりゃねぇ」と私が答えると、「そうよぉ」とお母さん。

お母さんの脳は、いったいどうなっているのだろう。何についてをボケというのだろうか。おまるでじゃーっとおしっこをするのと同時に、前奏が始まる前から歌詞をわかって歌っている。だけど、パンツの上げ方はわからない。

前に遊びに行った時には、健太郎君がちょうど来ていて、私はいろいろご馳走を作り、ごきげんに酔っ払ってきた頃、「お母さん、今日来てよかったよ私。すごく楽しい」と健太郎君がトイレに行っているスキに言ったら、「そうよ。女がうれしいと男の人もよくなるのよ」と、お商売のおかみさんみたいに言っていた。

お母さんは、八十四歳。私との差は四十歳です。

三月二十八日（木）

すっかり朝帰りだ。それでも十時には帰って来て、顔も洗わずとにかく寝た。四時から最後まで「クウクウ」。

誰もお客さんが来ないから、「今日はだめかも。みんな花見で飲み疲れてんのかなあ」と言うと、サンは「いや、俺はそんなに暇じゃないと思う。ぜったい来ますよ」、リーダーも、「七時か八時から来始めるから、油断しない方がいいですよ高山さん」と言う。

ほんとにその通りでした。七時過ぎからぼちぼちと入り始め、八時にはけっこういっぱいになった。飲み疲れているのは自分だった。

『黄色い本』は、やはりすばらしかった。ぎりぎりの言葉と絵。うれしくなる。高野文子さんがまだ生きて活躍していらっしゃると思うと、そういうことが、本当にいちばんうれしい。

三月二十九日（金）

鍼に行って来た。二週間ぶりだろうか。どこがというわけではないが、全身が重たい感じなので。

治療院に入ると、いつもため息が出る。入る前にはいつも忘れているのだけれど、中に一歩入ると思う。いつも。ここは、いい空気がこもっていて温かい場所だなあ。受付などなくて、待合い室には三年番茶が保温ポットに入って、湯飲みと置いてある。ピアノの曲が低く流れていて、先生の声や、補助の若い人たちの声がする。たまに患者さんの声も聞こえてくる。患者さんは、みんなねぼけたような声。ここに座って待っているだけで、私の体は半分ほぐれる。

「謝恩会や卒業式なんかで忙しかったでしょう」などと体をあちこち押さえながら先生が言って、私は「ええそうですね」と答えるだけなのに、先生にはわかってしまうのだ。体を触って声の感じを聞いたら、どこが調子が悪いのか。そして、悪いところのツボに鍼を打ってゆく。

今日は、初めて顔に打った。こめかみと目の間に。そして首の付け根や頭をよくもんでくれた。昨夜頭が重くてなかなかうまく眠れなかった。そんなことひと言も言わなかったのに、先生は治療してくれた。

帰ってから、ずどんと眠った。

仕事の電話はあいかわらず何度も鳴ったし、私ははきはきとそのたんびに電話に出たが、眠たがっている私の方が、仕事人としての高山なおみよりも強いので、何度でもすぐに眠れた。

夜十時くらいになって起き出し、軽い塩豚を厚めに切ってソテーに。豚肩ロース500グラムに対して自然塩を大さじ½もみ込んだ塩豚だ。このあいだの撮影の残りだから、今日で五日目のもの。

肉汁にバルサミコ酢と醤油のおきまりソース。マッシュポテトに自家製のマヨネーズを混ぜたら「クウクウ」の味になった。クレソンをたっぷり添えて、味噌汁は椎茸と春菊、玄米。三人でおいしく食べました。

「おとう、がんばったじゃん」ととりうが言うので何かと思ったら、スイセイは今日はビデオ三昧だったらしい。三本目をりうといっしょに見終わって、映画の内容についてふたりで語り合っていた。「みい好みよのう、あれは」とも言っていたけれど、私は今映画って感じではない。映画は強すぎる。

ごはんが終わって、さくら餅と番茶。「あー、ほんとにうまい」と、スイセイはため息のように言っている。さくら餅がまだ口の中に入っているのだそうだ。甘いものはひさしぶりなのだ。

塩豚のソテー
マッシュポテト
椎茸と春菊の味噌汁

三月三十日（土）

朝、早めに起きて玄米に鮭ふりかけ（塩鮭を酒で蒸してごま油を加え、炒りつけてほろほろに作り、冷蔵庫に入れておいたもの）と、にらと椎茸の味噌汁でごはん。

洗濯もした。シーツも洗った。

あまりにも天気が良いので、枕を窓際に寄せて『富士日記』を読んでいるうちに昼寝モードに。顔に陽を当てて目をつぶると、まぶたの中が朱色だ。海辺で昼寝をしているような、肌に当たるあったかい光。そのまま本当に寝てしまった。夢は、ちょっとぼかしスケベなものだったので、ここには書きません。

さて、夕方からはメディアファクトリーで打ち合わせ。

すばらしい展開。私は、しゅーんと真面目な気持ちになりました。

終わってから「太陽」で猛烈な勢いでごはんをかっこんだ。家族のように。

私とみどりちゃんと赤澤さんは三人姉妹。『やっぱり猫が好き』の。みどりちゃんは「私はもたい」と言っていた。そして、立花君は母親が再婚した相手の連れ子。だからなんとなくなじめない。なっちゃんは、再婚してから生まれた歳の離れた妹。丹治さんはしっかりもののにいちゃん。にいちゃんといっても、みどりちゃんと私にとっては弟なので長男ということになる。

あの、憧れのこってりごぼうハンバーグが主なおかず。立花君は、「タレだけでもご飯が食べられる」とおかわりしていた。春巻きもおいしかった。ビールと焼酎も飲んだが、なんか酔えない自分でした。なんか、あまりにも打ち合わせの展開が良くて、だろうか。酔っぱらっている場合ではない、という気分。ふんどしの紐をきゅっとしばり直さないと、と思いながら、ゆっくり、じみちに考えようと心に決めました。私のやり方で。だから、また昼寝もしますもちろん。

三月三十一日（日）

「クウクウ」は静かな日曜日でした。

外は大雨で、雷も鳴っていたらしい。

ドキュメンタリー・ジャパンのらくだちゃんが、でき上がったビデオを持って来てくださった。それを、夜帰ってから家族三人で見た。二回も。とても良い番組になっていました。ありがたい気持ちでいっぱい。スイセイも喜んでくれて、朝の八時までふたりで盛り上がってウィスキーなど飲んでしまった。

＊3月のおまけレシピ

ソーセージと蕪の白いシチュー

粗びきソーセージ5本　蕪3個　マギー・ブイヨン1個
牛乳1カップ　その他調味料（2人分）

蕪の時期は冬だと思っているかもしれませんが、春も冬とはまたちがうおいしさの蕪が出回ります。ふかふかと柔らかく、甘くてみずみずしいので、生でサラダにしてもいいし、軽く塩でもんでもおいしい。けれど、まだ肌寒い春先の日に、こんなスープを作るのもいいものです。もちろん葉っぱはみずみずしいし、栄養もあるので使ってください。ではレシピです。

春の蕪は繊維が固いところがあるので、皮をさわってみてでこぼこするところや、ひげ根が出ているところをむきます。皮からおいしい味が出るので、ぜんぶはむかないでください。

半分に切るか、大きかったら4つ割りにし、葉っぱはざく切りにしておきます。

鍋に蕪とソーセージを入れ、砕いたブイヨンと水をひたひたに（少ないかな？　というくらい）加え、バターをひとかけのせて火にかけます。最初は強火で、沸騰したらフタをしてごく弱火。気長にコトコト煮ます。

蕪がくずれるくらいに柔らかくなったら、牛乳を加えて塩と黒こしょうで味をととのえます。ちょっとコクが欲しい時は、くせのない味噌（信州味噌など）を少々加えてもおいしいです。

最後に葉っぱを加えてひと混ぜしたらすぐに火をとめて。蕪はぐずぐず、ソーセージはプリッ、葉っぱはシャキシャキです。

２００２年 ４月

筍はなかなか味わえないから、筍づくしにしたのです。

夕方まですっかり寝てしまった。

朦朧としながらリビングをうろついていたら、りうも起きてきた。すっかり寝ぐせのヘアースタイルで、「春は魔ものだ」とか言っている。いくらでも眠れるのだそうだ。

りうが家に一日中いるのはめずらしいので、甘えて買い物をたのむ。晩ごはんのおかずで、何でも好きなものを買って来てと。

鰤の切り身と刺身盛り合わせとチンゲン菜、どら焼きなどを買って来てくれました。

鰤の照焼きには、冷蔵庫でずっと眠っていた柚子を絞った。チンゲン菜のおひたしを添えて。良美ちゃんが送ってくれた人参は、千切りにして軽く塩でもんでサラダに。あと、新ごぼうと人参で豚汁にした。波照間の人参は、へんな甘みがなくておいしい。人参嫌いのスイセイも喜んで食べていた。

四月一日（月）

四月二日（火）

「クウクウ」の日。

仕入れの時に、「行者にんにくだよ、北海道の。元気になるよ」と八百屋のおじさんが明るい声で叫びながら、行者にんにくを醤油に漬けたのを箸でつまんで食べさせてくれる。「酒が三割で醤油が七割。砂糖も少し入れた」と、作り方まで教えてくれる。思わず買ってしまいました。おじさんは、「おとうさんに食べさせると元気になるよ」とも続けて言っていた。群がっている主婦たちは無視していたが。

お通しにしようかと思ったけれど、にんにく臭が強いので、胡瓜やセロリの葉といっしょに細かく刻んで、酒と醤油に漬けた。おかかも入れて、ランチ用のおいしい漬物になった。

東急デパートの呼び込みのおばちゃんもおもしろかった。葱を売っているおばちゃん。「○○葱ですよ、今日は二本も入っておりますの」きどっているのだ。

鰤の柚子香焼き
チンゲン菜のおひたし
人参の塩もみサラダ

四月三日（水）

夕方から雑誌の打ち合わせで「クウクウ」へ。夏のおすすめ麺の。打ち合わせはさーっと終わりました。

　今日から厨房に新人君が来た。とても背の高い若者だ。その子をとり囲むようにして、あとの三人が作業したりしているのだが、なんかこの感じって……夏休みに都会から遊びに来た遠い親戚の子、あるいはホームステイに来た外国の子、っていう感じがした。皆あんまり話しかけたりはしないのだが、なんとなくその子を見守りながら、何かをやっている。

「だいじょうぶ?」とねえちゃんの私が聞くと、妹弟たちは「うん」と答えながらにやにやしている。やっぱり「クウクウ」って家族っぽい。

　そして私は「晩酌や」へ。リーダーを誘って飲みに行った。

　鰹のモロヘイヤ和え、浅蜊の酒蒸し、ジャーマン・ハンバーグという、つなぎがまったくゼロの牛肉百パーセントのグリルなど食べる。お通しは、がんもどきと玉葱の煮物。ぜんぶおいしい。おじさんがひとりで作っているのに、料理上手のおかあさんの味。不思議だ。ワイン、招興酒、焼酎と飲み進みながら、リーダーとの話はきりなく続く。あっという間に十一時をまわってしまった。

　帰ってから、楽しい時間というのは早く過ぎすぎるなと思う。人に会って、酒を飲み始めると、いつも楽しくて時間がどんどん過ぎてしまう。私には早すぎて、ついてゆけない。

ひとりで家で本を読んでいたり、布団の中でもの思いに耽っていたりする時間の、なんと長いことか。そして、その長さが私にはちょうどよく楽しくもある。味わい深いというかなんというか。

映画やテレビも、私には早く過ぎすぎる。本はいい。じんわりした味わい。私の料理の味といっしょだな。しかし、そう言う私もあさってはまた飲み会の約束をしている。昼間っから。

この間、たかのてるこちゃんの『モロッコでラマダーン』をテレビで見ていたら、モロッコ人の若者が、「楽しいと時間が早く過ぎる。たいくつだと時間がうんと遅くていやになっちゃう。だから僕らはうんと楽しむんだ」と言って、何時間も踊りふざけていた。イスラムだから酒は飲まない。けれど彼らは酔っ払いみたいになって、男同士でまともにチークダンスなどしている。小さいカセットテープレコーダーから流れてくるノイズだらけの音楽に合わせて。わかるなあ、馬鹿だなあ人間てと思い、少し泣きそうになった。

夜中に、お腹がすいたような気がしてカレーを作った。作っているうちに、(あれ、私は自分が食べたいわけではないみたい)と気がついた。かといって、仕事をしているスイセイにというわけでもない。何に向かって、人参の皮などむいているのだろう。

今日一日、私は料理をしてなかったからだなと気がつく。料理きちがいだ。

四月四日（木）

買い物に行かなくてもできる晩ごはん、という撮影の依頼の電話。それは私の得意な部門だ。「やりますよー」とねぼけながらもすぐに答える。

買い物に行きたくなかったので、「夜はさみしいごはんでもいいか」とスイセイに聞いたら、「いやじゃ」と言うので買い物に行った。

スイセイの好物の筑前煮はちくわ入り。ホッケの焼いたのと小松菜のおひたし。大根の味噌汁と玄米。そして私はきのうのカレーに、買って来たトンカツでカツカレーに。満足度百パーセントのメニューでした。

四月五日（金）

テレビが届いた。銀色のシンプルボディー。寝室の隅に置いてみたが、でっぱってどうも気に入らないので、押入れを整理して、押入れの中に入れた。あんまりテレビは見ないから、見る時だけ、押入れを開けて見ればいいのだ。

二時には家を出て国分寺のサンのお宅へ。陽の当たる二階は、すでに「クウクウ」の子たちでいっぱいだった。皆ほんのり赤くなっている。今日はサンの送別会なのだ。

ちくわ入り筑前煮
ホッケの焼いたの
カツカレー（私だけ）

昼間飲むと酔っ払うと言って、マスターはソファーで昼寝していた。夕方から「クウクウ」で仕事の子たちがぼつぼつと帰り始め、残ったのはヤノ君と私とマスターだけ。ちびちびと飲み続けました。

昼間から飲むと、旅行に来ているみたいで、酔っ払わない。時間が長くてやたら楽しい。ひとつひとつが味わい深く、発見があり、いちいちいいなと思う。

ブラという猫がいるのだが、あんまり鳴かない猫で、一心な目でじっと私をみつめる。動物が家にいるというのは、動物と日々会話するわけだから、いるといないのとでは大違いなのだろうな。動物って、真面目で正直だから。

そして、ブラにそっくりな清水田。彼女はこのホームページのイラストを描いた娘で、サンの奥さんです。清水田が夕方からアルバイトに出て行ったので、私たちは彼女が働く店に追っかけて行った。出かける時、サンはブラに向かって、「ちょっと行って来るな。すぐ帰って来るからな」と声をかけていた。

というわけで、「サポ」という店でワインを三本開け、べろべろに酔っ払いました。帰り道で、豆苗の根が出たパック入りのやつを、「あーっ」と叫んで清水田は拾っていた。そしてヤノ君と布団を並べ、泊まってしまった私。

朝になってふと見ると、昨夜の豆苗が器に生けてあった。緑の濃い野菜だ。きっと大きくなったら食べるんだろうな。

「もう帰っちゃうの?」と清水田が言う。「あっ、ちょっと待って」と言うので何かと思ったら、ばたばたと二階に上がって行き、試供品のシャンプーとリンスをくれた。「いい匂いがするから」だって。

四月六日(土)

朝帰りしてちょっと仮眠し、夕方から「クウクウ」へ。

新人君が初土曜日なので、様子を見に行った。

餃子など巻きながら、忙しくなるのを待つが、新人君はすごく大丈夫。背の高い彼は、野菜を切ったり盛りつけたりする時に、体を曲げて料理に近づいて、ひとつひとつていねいに仕上げてゆく。料理に体が近づいているということは、気持ちも料理に近づいている。そういうことは目に見えるものなのだなと、彼を見ていて思った。私はうんと安心し、八時には家に帰って来た。

夜ごはんは、小松菜と茄子と豚肉の炒めもの、納豆、もずく酢、塩鮭、豆腐と油揚げの味噌汁と玄米。

スイセイは昨日病院に検査に行ったが、調子が良いらしい。血糖値はほとんど正常。

小松菜と茄子と豚肉の炒めもの
納豆
もずく酢

四月七日(日)

「油断は禁物じゃがの」と自分で言っていた。

「クウクウ」でした。

新人君は新井君といいます。季節サラダの盛りつけをきっちりきれいに盛るので、ちょいと注意。「いちど盛りつけてからぐっとつかんで崩してね。野菜が暴れているように」と。今月のサラダは、こごみ、クレソン、アスパラ、トレビス、あおやぎ、ひじき、甘夏みかんなどが入っている。ドレッシングは豆腐マヨネーズ。絹ごし豆腐を水切りして、薄口醬油、ねり胡麻、酢、ナンプラー、胡麻油、サラダ油をミキサーにかけたもの。

奥のテーブルでマスターたちが飲んでいて、時々マスターの大笑いが聞こえてくる。お客さん方の誰よりも、楽しそうなマスター。なんか安心して働く。

四月八日(月)

大量の洗濯ものを干して鍼に行った。

やはり日曜日にまともに働くと、左の背中が重くなる。本当に軟弱になってしまった私の体よ。

治療が終わってから、三年番茶のおいしさについて患者のおばちゃんと語り合ってしまった。ぼわっとして気持ちが良いから、本当はあまりおしゃべりしたくないのに、つらつらと語る私。煮出し時間や葉っぱの量、梅干しと生姜と醤油ちょっとを入れても体に良いとかなんとか。「おたくはどちらが悪いんですか」と聞かれ、答える私。

帰ってから筍を茹でながら、赤飯のおにぎりとコロッケを食べ、番茶をおいしく飲む。やっぱり葉っぱをケチらないことと、二十分煮出すことが肝心だと結論を出した。

夜ごはんは、筍のおかか煮、筍玄米ご飯、塩秋刀魚焼き、大根おろし、小松菜のポン酢醤油かけ、姫皮と浅蜊の味噌汁。

スイセイは筍ばかりで文句を言っていた。筍はなかなか味わえないから、筍づくしにしたのです。

そして柏餅。その頃になると、スイセイはもうおいしさにうっとりしていて、「おいしゅうございました」と言いおいて部屋に引き上げて行った。りうは筍ご飯を三杯もおかわりし、後で腹を下したらしい。

明日の打ち合わせのために、アイディアを書き出す。ひと皿で満足する料理、三十品なり。うわーっと、思いついた順に白い紙に書き出してゆく。

筍のおかか煮
筍玄米ご飯
姫皮と浅蜊の味噌汁

四月九日（火）

「クウクウ」の仕込みをちょっと手伝ってから打ち合わせ。

三十品のメニュー、ちょっと頭痛がしました。机の上でメニューを考えるのって、生理的に無理があると思うけれど、すでに料理研究家の仕事というのは、生理をぶっ飛ばさないとやっていけない角度もあるのだ。

帰りに、魚を炭で焼いている魚屋さんで、鰆《さわら》の塩焼きを買う。熾き火で焼いていた鮭のハラスも思わず買う。両方ともとっくに冷めているけれど、「温めねえで食べな」とおじさんは言う。温め直すとせっかくの炭焼きの味が落ちるのだとは思うけれど、私はレンジで温めて食べました。鰆はぶりっとしておいしかった。ハラスは思った以上に油っぽい。やっぱり温めたのがいけなかったのか。

わかめと葱の味噌汁。これは、この間サンが作ってくれたのが永谷園の「朝げ」のようでとてもおいしく、味噌汁の初心に帰ろうと思い、再現した。スイセイはものすごく喜んでくれた。工夫しすぎないふつうの料理に飢えているスイセイだ。

四月十日（水）

テレビの収録でお台場へ。

こないだの収録からまだ二週間くらいだから、あまりおっくうでなく行って来れた。玄関のところでテリー伊藤さんが入って来るのを見かけました。白いトレーナーかTシャツだったか、顔も全体的に白くて、なんかきれいな感じでした。健康そうな空気が漂っていた。一瞬見て、すぐに私は下を向いたけど、なんか疲れていない空気という感じがしました。お忙しいとは思うけれど。

本番の時に、ビーフンの茹で加減を説明していて、この固さをどう表現すればいいものかと思っていたら、一本噛んでみたイモちゃんが「輪ゴムを噛んだ時みたいな固さですねー」とすかさず言ってくれた。笑ったけど、ほんとにそうなのだ。ぴったりの感じでした。私はこういう喩《たとえ》の言い方が好き。実感がこもっていて、誰にでも伝わる言葉だ。輪ゴムと言ったらまずそうなイメージだけど、そこにスープを加えて炒めながら染み込ませて、ふつくらおいしく炒めるのだから、いいのだそれで。

収録が終わってタクシーに乗せてもらい、銀座の松屋デパートの脇で降ろしてもらいました。ありがたいことです。私は方向音痴だから、松屋までよう行けない。そして、行きたい所は松屋デパートでなく、七階のギャラリー。立花君が個展をやっている会場に行きたいだけなのだ。

個展はすばらしかった。その空間も飾り方や照明も、立花君と違和感がない。当り前の

オムレツ
キャベツの千切りソースかけ

ことだが、これはなかなかできることではないと思う。

そして、活版印刷のでこぼこ感や、紙の質を堪能しながら、次の本のことをじっと感じて（考えて）みました。彼と組んで本を作れる喜びを、また改めて味わったが、今はもう、うっとりとしている場合ではない。明日とあさっては、ぐっと入り込んで本の構想を練ろう。欲しかった『クララ洋裁研究所』を買って帰って来た。

夕方帰って来て図書館に行き、高野文子さんの『絶対安全剃刀』やその他野菜料理の本などを借りる。そして昼寝をし、夜中十二時に起きた。

ハンバーグにしようと思って肉を買って帰ったが、急きょ変更してオムレツに。

昔ながらの、挽肉と玉葱を炒めた具のオムレツとキャベツの千切り、ソースかけ。銀色さんの『ミタカ君と私』に出てくるオムレツだ。ナミコが気持ちも体もくたびれて帰って来た時、「ねえちゃんのはお尻のかたちにしてやろうか」と、弟のミサオが作ってくれたオムレツ。そして、私の子供の頃には『オムレットさん』というマンガがありました。奥様は魔女風の女の子が、白いフリルのエプロンをつけて、いつもフライパンを持っているマンガだった。バターたっぷり、憧れのオムレツだ。

ああ、長い一日だった。

読んでくださった方、どうもありがとうございます。

四月十一日（木）

朝から（といっても昼だが）、じっくりと本についての構想を白い紙に書き出す。予定が何もない日を作り、こういうまとまった時間がないと、私は入り込めないのだ。なんとなく、頭の上の空間に、ポワ〜ンと本の姿かたちが見えてきた。写真の感じや文字が入る感じも。

だけど、きっとこれをくつがえすようなことになるだろうな、ともぽつりと思う。それが、本作りというものだ。スタッフたちは、驚くような良いことを思いついてくれるのだから。本というのは私ひとりのものではないのだから。

きのう、テレビの収録後、指からずっと匂いがしていた。玉葱や生姜の匂いだ。「クウクウ」や家で料理をしている時には感じないのに、テレビ局やデパートにいると匂う。なんでだろうか。郁恵ちゃんやイモちゃんは、タレントさんなのにえらいなあ。指についた匂いのことは、きっと気になる筈なのに、肉をこねたりするのを、なんでもなくやるのだから。

夜ごはんは、ハンバーグ。つなぎの食パンが肉汁を吸っている感じがやけにおいしい。肉汁にバルサミコ酢、醤油、ウスターソース、酒を煮立ててソースにした。うまい。つけ

ハンバーグ
マッシュポテトとブロッコリー
納豆の大根おろし混ぜ

合わせは、マッシュポテトとブロッコリーを混ぜたものと、レタスとトレビスを刻んだもの。もやしの味噌汁、納豆に大根おろしを混ぜたもの、以上。

四月十二日(金)

いや、まったくリビングがオフィス化していた。電話もたくさんかかってきたし、いろんな書きものをしたりして。

夜ごはんは、塩秋刀魚、胡瓜と人参を塩もみしてナンプラーとレモンをしぼったもの、かき菜ともやしの辛子和え、ソーセージのオムレツのベトナムケチャップ添え。

ベトナムケチャップのレシピをここに書きます。

ケチャップ大さじ2、豆板醤小さじ½、ナンプラー小さじ2、酢小さじ1、おろしにんにく少々。以上をよく混ぜる。ビンに入れて冷蔵庫でひと月くらいもちます。

豚の映画『ベイブ』をスイセイと見た。おもしろかったー。

四月十三日(土)

早起きして森下と矢川さんと待ち合わせ、絵本作家の大道あやさんのお宅へ行った。埼玉の山奥だ。タクシーで着くと、犬たちが駆け寄って来て、タクシーの窓のところに前足をかけたりして喜んでいる。尻尾をぐりぐりにふっている。タクシーの運転手さんは、いやな顔などぜんぜんしていなくて、窓を開けて「よしよし」などと犬の頭を撫でていた。犬の名前は、ビゴとふみ子さん。あと二匹の茶色の犬たちは家に入って来なかったので、名前はわかりません。

今日あったことは、あんまり良さ過ぎてここには書けない。なぜかというと、思い出すとうーっと感動してしまうので、言葉が出てこないからだ。

あやさんは、九十三歳のばあさんです。昼間から私たちは、酒をよばれました。あやさんも、すいーっすいーっと酒を飲む。蕗の葉の柔らかく煮たのや、筍の煮たのを作ってタッパーに入れてくれてあった。だんだん減ってくると、「もっと何かないかねぇ」と言って、いかを醤油の味で煮てくれた。あやさんの料理は砂糖が入っていない。

私は料理の味のことなど、つまらなくて日記には書いていられません。あやさんという人が作った料理が目の前にあって、それをもぐもぐと食べたのだ。どれもおいしかった。この味を忘れないようにしようと思って、たくさん食べた。

前にあやさんが入院した時、あやさんのことを慕っている犬が、家で「ひーんひーん」鳴いて、ごはんを食べなくなり、自分で餓死したそうだ。

「犬っていうもんはね、そうゆうもんじゃ」と言っていた。

大道あやさんのことは、『ユリイカ』の増刊号「絵本特集」にインタビュー記事が載っています。そして、私の著書の『帰ってから、お腹がすいてもいいようにと思ったのだ』でも、テレビのドキュメントを見た時の感想を書きました。

四月十四日（日）

「クウクウ」の日。

土曜日はめちゃくちゃに忙しかったそうだが、今日は静かな日曜日でした。きのう忙しいのを頑張った皆には、申し訳ないような気持ちを持ちながら、けれど少し二日酔いなので、ありがたいとも思いながら働いた。

新人の女の子のりえちゃんは、質問をしないでレシピを見ながら黙々と仕込みをする娘だ。そして、だから間違いもよくしていた。

私のレシピはいいかげん。細かいことは書いてないのだ。細々と何でも質問をしてくるうるさいくらいの娘もいるけど、彼女はひとりで自分なりに判断するのが好きな子なのだなと思っていた。けど、あまりにも失敗が多いので、様子を聞いてみた。

前の店では、質問をすると先輩に怒られたのだそうだ。自分で考えろというわけだ。それもわかる気がするが、おいしく良い料理を作るのが私たち全員の目的なのだから、確実

塩秋刀魚
胡瓜と人参 ナンプラー・レモン
かき菜ともやしの辛子和え

にそれをできるようになるには、過程はどんなでもいいと私は思う。何度も同じことを聞いてきたって、それが自分のものになるまで、私は何度でも教えてやる。だいじなのは、自分でわかって、身につけていくということだ。それさえ達成できるのなら、どういうやり方をしてもいいのだ。いちばん厨房に必要のないことは感情だ。そんなことは何も気にしなくていい。

四月十五日（月）

埼玉の越生《おごせ》駅前の魚屋さんでおととい買った野菜。ほうれん草、芹、蕗。魚屋さんなのに、農家で採れたような野菜がぶりぶりとビニールに入って店先で売っていた。蕗と言っても、野蕗よりも細い茎の、葉っぱつきのもの。

たぶん、大道あやさんが煮てくれたものと同じ種類の蕗だと思う。その辺の山に生えているんだろうと思う。それを葉っぱごとざく切って、あやさん風に煮た。

茹でたりしてアクなど抜かないと言っていたから、ちょっと油で炒めてから、水と醤油とにぼしを裂いたのを加えて、柔らかく煮た。わざと酒もみりんも砂糖も入れなかった。

あやさんの家であったことを、今だに書けないのですが、それは私がケチだからだと思う。言葉にしようとすると、あやさんの言ったことや声やその姿や、つまり私の思い出が、減るような気がするのだ。薄まるとかぼやけるとかそんな生優しいものではない。無くなる気がするのだ。だから、今は唇にチャックの状態。

四月十六日（火）

明日の「クウクウ」貸切りパーティーのために、苺ヨーグルトムースと焼き葱のマリネなど仕込み、夕方から本の打ち合わせ。

丹治さんは、今日も襟のつまったシャツ。細かいストライプの。

私は、自分の本でやりたいこと、伝えたいことをＭＤの前でしゃべりまくり、どんなつまらない言葉も録音されながら、あとはごはんタイムになりました。

自分の考えを本にしてもらえるということは、とてももったいなくありがたい。けれど、それはきっと私が料理界きっての純粋な馬鹿だからだなと思う。

四月十七日（水）

貸切りパーティー。

バロックバイオリンの夕べ。

ごはんを食べながら、ラフに音楽を楽しんでくれるのかな、と勝手に思っていたが、そうではなかった。曲間は厨房ではさみを使っても音が響くというような静けさ。あまりの緊張感に、私はホールの子たちとオフィスでこそこそして過ごしました。

厨房では、電球だけの小さな灯りの下、背中を丸めて音を立てないように、しおりちゃんたちが料理の仕上げに熱中していた。私は監督さんなので、その景色を外から眺めていることができる。人々がそれぞれに、自分の作業に夢中になっている姿というのは、真っ直でよけいなものがなく、強くもなく弱くもなく、ただそこに居るだけ。そういう人の形って感動する。

年配のお客さんもたくさん来てくださって、かわいいおばあちゃんなどもいて、なんだかうれしい一日だった。演奏が終わってから、本格的なごはんタイムになったが、クラシック愛好家のおじさんたち（おじいさん）がけっこういい調子に酔っ払ってきていて、それもうれしかった。

立食形式のパーティーの予定は大幅に狂い、私たちはねずみのように動き回った。大皿で出した料理を、めいめい取り分けて配ることに急きょ変更したのだ。年配の方々に並んでもらって、セルフサービスは申し訳ないと判断したので。こういう時の臨機応変さは、原マスミのクリスマスライブで皆鍛えられている。どうすれば効率良くサーブできるかというのを、全員が考えながら動くので、口で言うより先に気持ちが伝わり合い、移動せずして厨房に指示が伝わったりもするのだ。伝言ゲームみたいに。こういうのをテレパシーと言うと思う。

しかし、くたびれました。背中がひさびさに痛いっす。

昼賄いの時に、リーダーが田舎から送って来た蝦蛄《しゃこ》の茹でたのを食べさせてくれた。怖い顔と足をはさみで切って、「ほら食べな」と、皆にどんどん食べさせてくれる。テーブルの隅に座って、自分は食べずに。その様子は若いおばあちゃんのようでした。蝦蛄は塩とごま油でもおいしかったが、ナンプラーとレモン汁をつけたらたまんなくおいしかった。「ビール飲みてぇ」と誰かが叫んでいたくらい。

四月十八日（木）

自宅で雑誌の打ち合わせ。オフィスのようでした。電話も途中で鳴ったりして。終わってから、スイセイとウイスキーをちびちび飲んだ。そして昼寝。宿題はたくさんあるけれど「いいよね、にょうにょう（寝よう寝よう）」とお互いにつぶやきながら。

夜ごはんは、あっちゃんの下関みやげの塩鯖を焼こう。大根おろし用に、大根までもらいました。

家族三人でひさびさの晩ごはん。塩鯖はすごいおいしさでした。だいたい頭つきの塩鯖

焼き塩鯖
大根おろし

など私は初めて見た。頭は丸のまま、身だけ二枚に裂いて塩をしてある。

だから左右の身を合わせると、もとの一匹の鯖の姿にもどる。すばらしいデザイン。地元のものって、こういう理にかなったすばらしい形のものがある。そのものの美しさだ。はっきりわかるほど、こっちの塩鯖よりも塩がきつい。保存面も発酵の具合も、その塩加減は塩鯖のプロ！　という感じ。いいものをいただきました。

そういえば、あっちゃんはたまにロンロンの魚屋で塩鯖を買って来て、賄いに出していた。あっちゃんにとって塩鯖というのは、懐しいだいじな田舎の味だったのだなと思い返しました。

四月十九日（金）

五月らしいさわやかな良い天気だな、と思いながら自転車をこいで鍼に行ったが、ああまだ四月だと気がつきました。撮影の仕事は季節先どりなので、本当にわからなくなるのです。

鍼の先生が首すじを押さえていて、「かなりきてますすね。これは手か目を使いすぎ」と言っていた。うわー、それは目だ。パソコンだ。そして、顔や首筋にも鍼を打ってくれました。ぼわっとして顔があったかくなり、あまりの眠気に帰ってからまた昼寝。

蒸し鶏
なかおちのエスニックなめろう
菜っ葉とかき卵のスープ

三時間ほど寝て起き、ひさしぶりにねこちゃん（枝元なほみさん）から電話があり、近況など語り合う。本当にめちゃくちゃな忙しさだろうが、元気そうでよかった。

ためていた宿題の牛乳のエッセイを書き直したり、レシピをまとめたりとコンピューターの仕事ばかりしていた。時々目の根元を押さえたりしながら。

夜ごはんは玄米と、鶏のスープ蒸し煮と、なかおちのエスニックなめろう風と、鶏を茹でたスープに菜っ葉とかき卵を入れた。胡瓜の塩水漬けは昼のうちに作っておいた。簡単なので、ここに作り方を書いておきます。

胡瓜三本を1センチくらいの輪切りにして、1カップの水と塩小さじ1強と酒小さじ1を混ぜ合わせた塩水に漬ける。こんぶ3センチと唐辛子を入れて。生姜を加えてもいいかも。そして冷蔵庫でキンキンに冷やす。明日も食べるのが楽しみだ。

今日は、もうここらへんでやめとこ。目のために。

四月二十日（土）

朝からひたすらレシピ書き。途中洗濯をしたり、意味もなくベランダに出たりしながら。

建物の屋上のところで鳩がセックスしているのを発見。

ずっとパソコンに向かっていると、後頭部のでっぱりの下のところに鈍痛がくる。脳を司るどこかがいやがっているのだろうか。それで気分転換に昼ごはんを作りました。かんずりとナンプラー味の玄米チャーハン。卵を炒めてからひき肉を炒め、さらに玄米ご飯を焦がすようにフライパンに押しつけながら炒め、ふと思いついて、かんずりみたいな（森下の博多みやげ「赤柚子こしょう」とかって言ってたかな）のを爪の大きさくらい加え、ナンプラーで香ばしく炒めた。芹のざく切りとすり胡麻も最後に加えました。これが、馬鹿うまかった。ほんのり柚子風味の辛み。

スイセイにかんずりチャーハンだよと言うと「かんづめ?」と、聞き返していた。味にはうるさいが、料理についてはあまり知らないスイセイ。

しかし、普段コンピューターの仕事をしている人はたいへんだろうな。脳の肉体労働っていう感じだ。これは前にスイセイが言っていたが（スイセイはコンピューター関係の仕事をしています）、今私はそれを実感している。

「おいしい魚屋」さんにスイセイを誘って、てくてく歩いて買い物に。塀に向かってじいさんが、緑色のチラシのようなものをひらひらさせている。何だろうと思っていると、猫の尻尾が見えてきた。じいさんは、チラシで猫にちょっかいを出しているところだった。猫は、毛づくろいなどしてじいさんのことは無視している。尻尾だけは片手間に動かしてじいさんの相手をしている。「なんだよ、おまえ」とじいさんは猫に向かってつぶやいていたが、私と目が合うと照れ臭そうにこっちを向き直って、へへーと笑った。

通り過ぎてから振りかえると、またじいさんはちょっかいを出している様子。

四月二十一日（日）

今日も静かな日曜日でした。

お客さん方は、さっと来てごはんをささっと食べて、早めに帰って行く。ほとんどの組が。なんでだろう。連休に備えて、控えめな遊び心になっているのだろうか。

こういう仕事をやっていると、人間の考えていることや気分というものは大差ないなと感じることがよくあります。天気にも関係あるけれど、それよりも外の空気の盛り上がり度っていうかな。やけに昼間が夏っぽい日だったとか、熱っぽいというか、頭が馬鹿っぽくなる日というのは、お客さんもたくさん来て、ゆっくりしていってくださる。

あと、日によって注文されるものが片寄るってことも、ぜんぜんある。中華っぽい日とか、洋ものっぽい日とか。餃子屋かってくらい、焼き餃子デーっていう日もあるのです。

話はぐんと変わるが、波照間島の良美ちゃんからこの間メールがきた。

四月十五日は旧暦の三月三日で、女の節句なのだそうだ。それは島の女たちが処女になる日。毎年「浜下り」というのをやるらしいが、その年の悪いものを海が綺麗にしてくれるということらしい。珊瑚の割れ目を跨ぐことがひとつの儀式だそうで、良美ちゃんは毎年ついでに股を洗って来るのだそうだ。子供の頃から母親に言われていたので。

そして、海の恵みの貝を拾いながら帰るんだそうだ。「貝はバター醬油焼きでいただきました」というメール。なんと理にかなった良い行事なのだろう。

四月二十二日（月）

撮影の日。

朝早起きして掃除をし、ジョニ・ミッチェルの白いアルバムをかけてミルクティーを飲んだ。最後に「サークルゲーム」が入っているアルバム。

ふと気がついたのだが、これは二十歳の頃働いていた「グッディーズ」という店での私の定番でした。朝、鍵を開けて店に入り、オーブンを温めながら掃除をする。その時にいつもかけていたアルバムだ。当時はレコードでした。重たい木の扉を開けて、店に一歩入った時の、店に染み着いたコーヒーと紅茶とケーキの匂い。夏はひんやりと、冬は暖かい、外とまったく違う店の中の空気。ここが自分の居場所だと思って、毎日働いていた。

あの頃よく聞いていた音楽を、二十四年経った今だに、私はいくつか聞いている。マリア・マルダーやブルース・コバーンやフィービー・スノウやペンタンクルズ。それって音楽を聞いているというよりも、あの頃の場所の空気を聞いているという感じだ。

四月二十三日（火）

昨夜は、撮影が終わってから飲みに行ってしまった。ひとりで「晩酌や」さんへ。それで今日は二日酔い。

けっこうビールを飲んで焼酎のボトルもいれて、最後にワインも飲んで、知らないおじさんやおばさんたちと馬鹿話に盛り上がった。懐かしい歌謡曲がいろいろかかっていて、「いい唄だよなー」と、口の悪いおじさんがうっとりしている。さっきも同じ曲の時にこの人はそうつぶやいていた。

そして下田さんに誘われるままもう一軒行ってしまった。おにぎりを食べて、緑茶割りを一杯飲んだ。下田さんが、おにぎりを自分の手でもういちどにぎりながら（片手で）食べていたのを覚えている。（いつもこうやって食べるのだろうな）と思いながら私は見ていた。

もうべろべろでした。なんか、楽しかったなあ。

帰りに自動販売機でジャスミン茶を買って自転車に乗ろうとしたら、そのままバーンとこけた。こけて道路に倒れたまま空を見上げ、自由だなあと自分で感動し、少し泣いたような気がする。なんで酔っ払って自転車で転ぶと自由なのだろう。

帰ってからスイセイの部屋に行って、「ここに泊めてくれ」と甘えたらしい。幸せな晩でした。

朝、ばななさんから本が届いたので起こされて、一気に読み終えました。

『虹』だ。マスミちゃんの絵もすばらしい。私がごはんを作りに行った時、ひたすら描いていた絵だ。あの絵たちが、これでもかというくらい塗り込んであって、人物の肌が黒光りしていた。友人だから時々忘れてしまうが、やっぱり原君はすごい。しつこさに脱帽だ。

そして、『虹』は良い小説でした。

私は時々自分の気持ちを言葉に表わせなくて、それは誰でもない自分の感情なので、共通言語としての言葉の中に収められないというような、自分だけでしか感じられない特別なことのように思い過ぎるようなもどかしさがある。あー、うー、ぶー、と赤ちゃん語でしか伝えられないような。

ばななさんの文は、それが確実な完成度で表わされていた。個人的な微妙な主人公の気持ちや、その場の空気感を、耳から入って胸に響く音楽のように、なめらかな言葉のつながりだけで、体感できてしまう。私は知らないうちに主人公になっていて、本の中で恋愛をし、泣いていた。夢をひとつみたような感じだった。自分が主人公の。

鶏のバルサミコ酢ナンプラー焼き
鰤の塩焼き
はまぐりの潮汁

小説というものは、そういうものだ。良いものをいただきました。余韻にひたって、もうひと眠りしてしまった。

四月二十四日（水）

雑誌の打ち合わせ。例の、買い物に行かなくてもあるものでできる料理の。

その後は、お茶についてのインタビュー。

明日の撮影用の仕入れに出た帰りに、（ちょっと「クウクウ」に寄って、皆の様子でも眺めながらチビビールを飲もうかね）と脳天気に思っていたら、「クウクウ」はものすごい混んでいた。早番の子たちが残業していたので、私も春巻きなど巻いてちょっと手伝った。

もうビールどころではなく、ごめんなさいーという感じで帰って来ました。

夜ごはんはまた試作の日々。ナンプラーを使った火を通す料理の。鶏肉の焼いたのと、鰤を焼いたのとふたつ主菜が重なってしまい、私はきゃらぶきの煮たのばかり食べていた。

スイセイのリクエストで作ったはまぐりの潮汁でさえ、私にはくどすぎる。

四月二十五日（木）

撮影。

日置さんと、スタイリングは池水さん。そして編集の藤原さんと日置さんのアシスタントの娘。私はひとつひとつきっちりと料理を作り、盛りつけ、写していただく。何もムダなもの（気持ち）がなく、おっとりと、しかし素早く出来たての料理が写真になってゆく。連載の仕事なので、この四人の組み合わせは四回目なのだが、今日初めてその心地良さを強く感じました。

夕方からは、「クウクウ」の新人さんの面接と、本の打ち合わせ。けっきよく、朝四時まで赤澤さんと飲んでしまいました。

なんかよくわからないのだが、今日あったいろいろなことを思い、自転車をこぎながらだーだーと泣いた。帰ってからもスイセイの部屋で涙は止まらず、胸の中の塊が涙になって溶け出したような感じだった。けれど、私はこの塊の熱をこらえて、へその下のところにぐっと溜めなければならないのに、とも思いながら。スイセイは真面目な顔をして、酔っ払いのつぶやきを最後まで聞いてくれた。

四月二十六日（金）

朝、八時に起きて原稿を書いた。まだ酔いが残っている頭で。それは、とてつもなくたいへんな作業でした。

鏡を見ると、お岩さんのように目が腫れ上がっている。二時間近くかかって五百字を書き上げ、無事送信しました。

夕方の打ち合わせのために、アイスノンで目を冷やしながらうろうろと寝た。

寝ても醒めても半睡眠の状態で、打ち合わせの料理についてのことを考えていた。鶏肉の焼き方について。盛りつけの様子について。馬鹿か私はとぼんやり思いながら。しかしすぐに料理の頭になって、繰り返し焼き方について復習していた。

四月二十七日（土）

夜、のどが痛かった。

ほんの一点が痛かったので、これが拡がると風邪をひくなと思い、熱めの風呂に入り、電気ストーブをつけて温泉枕で腰を温め、首にタオルを巻いて、梅醤番茶の熱いのをぐっと飲んで寝た。梅醤番茶というのは、梅干しと生姜と醤油ちょっとを番茶で割ったもの。昔「クウクウ」にいたマッキーに教わった、れっきとした、民間治療法です。

四月二十八日（日）

朝起きたら、梅醤番茶のおかげでのどの痛みは消えていた。

「クウクウ」ではシタ君が風邪をひいていて、営業が終わってから、ちいちゃんがクコ酒のお湯割りを作ってあげていた。それを両手でかかえてちょっとずつ飲んで、ニターッとうれしそうなシタ君。「クウクウ」はランチも夜も（ゴールデンウィークだから）大忙しな毎日で、皆頑張っているのだ。

四月二十九日（月）

無事、「ひと皿料理」の一日目の撮影が終わりました。

料理手順の写真を撮りながら、仕上がりを写していくので、夜八時くらいまでかかるのではないかと覚悟していたが、五時には終わりました。スタッフ全員の気持ちが、その流れに乗っていたからだろうと思う。

今日のアシスタントはクマちゃん。初めてなのに、その気のまわし方は完璧でした。何を作るかレシピをあらかじめ渡しておいたから、きっと暗記するほど予習をしてくれたにちがいない。クマちゃんはそういう苦労を見せない人だけど、きっとそうだと私は勝手に想像してしまう。ありがとうございます。

料理は、自分で言うのもなんですが、ぜんぶがおいしかった。ひと皿料理とか、ワンプレートとか、私はカフェブームに辟易しているので、今さらという気もするけれど、「胡麻はちゃんと煎ってすりばちでするとぜんぜんおいしいよ」とか、「鮪のタタキをフライパンで焼くより網で焼いた方がだんぜん香ばしいよ」とか、初めての人用の、簡単に作れる料理本なのに、そういうところをだいじに伝えてくれる本（ムック）なので、良い仕事をさせていただいてます。

身近な安い材料で、しかもシンプルな調味料でおいしく作るというのも、私の考えにぴったりくる。あと二日撮影があるので、なんだか楽しみ。

四月三十日（火）

（眠る時というのは皆ひとりぼっちだな）と思いながら、そして（眠るということは、自分の感じをじっくり味わえる幸せなことだな）と何度か目が醒め、また眠る。

昨夜私は撮影が終わってビールを飲んで、「クウクウ」に様子を見に行き、厨房の子たちを怒ってしまった。

自分の中に口うるさい頑固ばばあがいて、それが最近ますます強く太くなってきていることを感じます。怒った後というのは、相手のこともへこますし、自分もへこますもんだったなと思いながら、とぼとぼと帰って来ました。

寝ながら、私はいくつも夢をみる。夢というかビジョンというか。その中に、誰かに説教されているというのがよくあります。言葉が耳の後の方から聞こえてくる。内容は具体的なことではなく、何かを暗示するような意味のことを、その声は延々と私に説教するのです。

今日もそうだった。けれどそれはとてもためになることだとわかっていて、寝ながら私はその通りだと思っている。そして起きてみると、何のことだったか忘れている。たとえてみると、その声はインディアンの長老のような感じなのです。けどそれが、私の中の頑固ばばあのような気もする。

＊4月のおまけレシピ

筍のゆで方

筍1本　ぬか ひとつかみ　赤唐辛子2本

筍をゆでるのは難しいと思っている人は、ぜひやってみてください。やってみれば、あんがい簡単で単純なものですし、ゆでたものを買ってくるのとは大違いの、春の味と香りです。

まず買う時に、おまけでついているぬかをもらってくること。筍が大きかったら2袋もらう。そして買ってきたらその日のうちにゆでること。どんどんアクが強くなるので、これだけはぜったいに守ってください。ではゆで方です。

2～3枚だけ皮をむいて、出てきたいぼいぼを包丁でこそげ取ります。切り口が変色していたら、これも薄く切りとります。

頭の部分を斜めに切り落とし（中の筍の先っぽまで)、縦に1本切りこみを入れます（これは火が通りやすいように。皮だけに入ればよい)。

1本まるまる入る大きな鍋に筍とたっぷりの水を入れ、ぬかと赤唐辛子を加えて強火にかけます。沸いてきたら中火と弱火の間くらいにして（静かにポコポコしている状態)、40分～1時間くらいゆでます。筍の大きさによってまちまちなので、竹ぐしを刺して調べましょう（スッと通ればOK、あまり柔らかすぎない方がいい)。

ゆで上がったら、鍋のままゆで汁が冷めるまで置き、ゆで汁の中で皮をむきます。半分に切り、すぐに使わない時はきれいな水に浸けて冷蔵庫で保存します。2日くらいは大丈夫です。

2002年 5月

肉厚の椎茸を眺めながら、今夜これをどうやって食べようかね、と思いあぐねる、そういう普通の日々だ。

五月一日（水）

「ひと皿料理」撮影の二日目。ムックではなく、増刊号でした。

今日も五時くらいに終わったので、今だとばかりに鍼に行った。かなり背中がきつくなっているので。


鍼の先生に、「料理を作る時、私は腰に力が入りすぎるのかも。そうすると姿勢が良くなって、すごいスピードで作れるのでついそうしてしまうのですが、それがたまって腰に負担がかかっているのではないでしょうか」と、質問した。

「それは、丹田に気を溜めて上半身はゆるんでいるということなのです。そういう状態のことを、うつすと言うのですよ。自分のエゴが抜けて、周りの状況がそのまま入ってきている状態です。それはすべての道に通じることで、あなたはそれを仕事で体得したんですね。すばらしいことですよ」

そうかー。そういえば私は忙しい時、エプロンの紐をキュッと締め直して、へその下に力を入れる。そうすると、流れるように空気に乗って料理がどんどんできてゆく。一分の

オクラ納豆
酢のもの
肉じゃが

間の長いこと。気分は穏やかで、厨房の子たちと主語なしで会話が成立するし、相手が欲しがっているものが無言でわかったりもする。三カ所あるタイマーの音もホール係の声も聞きのがさない。そうか。だとしたら、厨房の子たちは皆それを体得しているぞ。丹田てよく言うけど、いまいちどこのことなのかわからなかった。なんだ、そうかー。という気持ちで心も軽く帰って来ました。

帰ってから、自分が載っている記事を切って、たまっていた雑誌を整理していった。晩ごはんは残り物にしようと思っていたが、鮭を焼いて、味噌汁とオクラ納豆と、酢のものと肉じゃがも作った。じゃが芋の芽が出ているのが気になっていたので。

「腰がもたないのは筋肉の問題なので、歩いて筋力をつけることです」とも言われた。風呂から上がって、いつもより念入りにストレッチをした。顔にパックしながら。

五月二日（木）

「ひと皿料理」撮影の三日目。無事終わりましたが、ぐっと疲れた。あとは表紙の撮影を残すのみ。

終わってからヒラリンとスイセイと軽く白ワインを飲んだ。「まだ外が明るいうちに飲むワインは白だねーやっぱり」と言い合いながら。

今、ベランダから薄紫色のライラック（＊桐でした）の花が咲いているのが見えます。大木なので、そこに鳥がとまったりしている。だんだんに夕暮れがやってくる今のこの時間がいちばん紫が綺麗に見える時だなと思いながら、できるだけ目を放さずにじっと見た。

図書館に行って本を十冊借り、風呂に入って九時には寝てしまった。

五月三日（金）

本を読んでは寝、また読んでは寝ていた。

カレーと、山小屋でアルバイトしていた時に毎日作っていたサラダを作った。胡瓜と玉葱と人参とセロリを全部塩もみして、マヨネーズと胡椒で和えるだけのサラダ。本当はキャベツも入るのだが、撮影の残りのレタスやらルッコラやらクレソンやらいろいろ入れた。

夜になってから起き出し、これからやる撮影のレシピのまとめや、たまっていた請求書を書いた。顔を洗ってないことにふと気がついたが、今日は洗わなくてもいいことにした。休日なので。

五月四日（土）

朝、布団の中で、昨日から読み始めた『黒い雨』の続きを読む。戦時中の広島の食生活ぶりが書いてあるところまで読んで、腹が減ったので起きた。天気予報はぜんぜんはずれて、快晴の青空。

朝から洗濯をしたり、部屋を念入りに掃除したり、窓まで磨いてしまう。りうも昨夜からごそごそ掃除を始めたようなので、今日はふたりで掃除の気分。陽が差してもったいないから洗濯をしたり、冷蔵庫の残り物をどうやってお昼に食べようかと考える、ふつうの日常。

夕方、昨日の残りのカレーが鍋に半端に残っていたので、そのまま水を入れてのばし、だしの素とみりんと酒と醤油を加えて、カレーうどんを作っておいた。

私がお碗一杯食べて残しておいたら、次に見た時にはうどんがなくなってお汁だけになっていた。そしてまた次に見たら、りうが残りのお汁を温めてよそっているところだった。家族三人で一食分のカレーうどんを食べたことになる。

それからも『黒い雨』を読み続けた。

夜ごはんは、南瓜の天ぷらと焼き茄子（六本も焼いた）と、鶏のソテー、バルサミコ酢ナンプラー味。椎茸と三ッ葉の味噌汁、玄米。南瓜の天ぷらは卵を入れない白い衣の。酢醤油で食べるのが人気だった。

昨日の夢。

カレーライス
山小屋風サラダ

いっしょに暮らしている相手が、本当はやりたくない仕事をがまんしてやっていたり、私の為に、疲れているのに無理をして起きていてくれたり、僕の幸せはあなたの笑顔を見ることだと言われたり。それが私にしてみればいやでいやで、窮屈で息苦しくて、「もう、やめてくれー」と叫びそうになる夢。このタイプの夢はよく見ます。相手はいつもスイセイではないんだけど。

私は自分の好きな時に本を読みたいし、自分で決めた時間に起きたいので、いっしょに暮らす人にもそうしていて欲しいと願ってしまう。それは、好きなことばかりして怠けているということの正反対。自分のやり方に対して真面目でいて欲しいと願うのです。

五月五日（日）

体育の日っていつも晴れている。

「外はやっぱりすごいなー」と、「クウクウ」に行く時自転車をこぎながら思いました。ここのところずっと自宅にいて出かけてなかったから、すごさに気がつかなかった。栗の花の匂いもむわーっとするし。五月というのは爽やかというよりも、なんか金太郎って感じ。むんむんと元気なのだ。歩いている人たちも皆元気そうで、私もどっか行かなきゃなってという気になった。このところ家でじっくり、『黒い雨』なんか読んでたからかも。

そういえば、この間『ユリイカ』をビデオで見たのだが、すごくおもしろかった。二本立てなのでとてつもなく長く、夜中から見始めて終わったらもう外が完全に明るくなっていた。八時間くらいぶっ続けで見たのだと、私は思い込んだほど（本当は四時間ちょっと）。あの時間の長さはとても不思議。見る側の脳内時間と同じ流れに（たぶん）作ってあるので、気がつくとすでに、わらわらと自分が追体験してしまっている感じだ。

『黒い雨』もそうだ。

今読んでいるところは、主人公が被爆した当日からの日記を、四年ほど経ってから出してきて、その文面を筆で清書している。その一日の長いこと。深いし強い体験なので、とてつもなく長いのだ。顔の半分皮がむけて、のどは乾くし歩いても歩いても駅に着けない。その間にも、見るもの聞くものすべてがすごいスピードで入ってきて、脳にどかどか溜まってゆく。

それを、寝転がってかりんとうなどぽりぽりと食べながら、私は延々読んでいたのだ。外は、もりもりと狂おしいほどに新緑がはびこっているというのに。

五月六日（月）

スイセイを誘って西荻までてくてくと散歩。

南瓜の天ぷら
焼き茄子
鶏のソテー

友人のナナオちゃんの展覧会が最終日だったので。

ビーズで昆虫をいろいろ作ってあった。この間遊びに行った時にはクモしかできてなかったのに、ムカデやくらげ、薄羽かげろうや蟻地獄など、たくさん作ってあった。図鑑を見ながら作ったそうだ。途中で結んだりせずに、一本のワイヤーだけでつなげたんだそうです。

半年前くらいに、ちい（ナナオちゃんの奥さん）が髪留めで、初めてクモをつけてきた時はびっくりした。どこで買ったのだろうと思うかっこよさだった。

私は赤いムカデのブローチを買った。「ムーハン」という海南チキンライスの店にくっついた会場なので、そこで安くておいしいごはんを食べていたら、ちいが来た。そのうちにケイ君も来て、しばらくしたらリーダーも来た。皆、「クウクウ」の創立メンバーなので、親戚が集まったような感じだった。約束もしてないのに、会いたい人々に会えるというのはうれしいものだ。

たらたらとビールやらつまみやら食べながら、けっきょく九時まで長居してしまった。

そしてそのまま搬出を手伝った。

ナナオちゃんは今日は韓国料理屋でアルバイト。ナナオちゃんも「クウクウ」の創立メンバーで、やっぱり親戚みたいな感じ。

五月七日（火）

昨夜は家に帰ってから具合が悪くなった。冷たいものを調子に乗って飲みすぎたからか。ちょっと寒かったし。

背中がずどんと重くなって、熱い風呂に入っても、温泉枕で温めても眠れなかった。

朝起きてみたら、雨だ。やっぱり。気圧のせいかも。

それでも撮影なので、ハリハリと夢中で動いた。ナンプラーを使った火を通す料理六品。おいしくできました。とくに、ナンプラーとバルサミコ酢のチキンソテーは、プチトマトを加えたことで抜群においしくできた。深みのある、混じり合ったコクと旨み。ナンプラー単独の味がしない。

柚子こしょうとナンプラーの玄米チャーハンも好評でした。

ナンプラーって、私は普段何気なくどんなものにも臆せずに使うので、拡がりがある調味料のひとつです。だしがきいた醬油っていう感じ。融通のきく変幻自在のそのおいしさを、皆さんに切にお伝えしたい。

撮影が終わって、倒れ込むように寝た。マスミちゃん宅に行く約束をしていたのに、誰にも会いたくないような感じ。

起きてからこの日記を少し書いて、『黒い雨』を読みながらまた寝床で過ごす。

りうのごはんでも作ろうと思って夜中に起き出すが、まだ帰って来ない。なんとなく冷蔵庫の野菜室を引き出したら、ここのところの撮影ラッシュでいろんな野菜がくたびれたり、干からびたりしている。

撮影では見栄えの良いものしか使えないので、次々に買い足していった結果だ。しかも、ぎゅうぎゅう詰めになっていたから、上の方の野菜は凍ってしまっている。片っ端から細かく刻んでいった。セロリ、長葱、椎茸、三ッ葉、ぐずぐすしかけたミニトマト。変な形のにんにく。刻んでいる時、頭の中に「供養」という言葉がポワーンと浮かんだ。

バターでていねいによく炒めて、ローリエと水を加えスープにした。ミネストローネみたい。

胡瓜と凍ったみょうがは刻んで、生姜も入れ、塩でもんで漬物に。新生姜はまったく使われずに、先っぽが凍りかけていたので、濃いめのシロップで煮た。

これは「クウクウ」に持って行こう。クッキーの具かケーキに使えるし、風邪薬にもなるから。

五月八日（水）

まだ明るいうちに集まって、サンの家で「クウクウ」スタッフの飲み会。ゴールデンウイークお疲れさんの会だ。

すでに辞めて別の店で働いている子たちも三人来た。十五人くらいになったろうか。宴会というといつも率先してコーディネートをするヤノ君が、「皆、何か作って来るように」と日曜日に発表していたが、サンは、朝七時に起きておにぎりだの煮物だの鯉のマリネだの、大量に仕込んであった。そして、皆それぞれ本当にいろいろ作って来ていた。

冷蔵庫にあったクリームチーズの残りや、撮影の残りものなど持って来た私のは、恥ずかしくておよびでないって感じでした。

二階が宴会場だが、キッチンのある一階もたまり場になっていて、いつも誰かが何か作りながらだらだらと立ち飲みしたり、となりのリビングでくつろいだりしている。その感じは、「クウクウ」みんなの別荘のよう。

ヤノ君が、デザートのバナナを焼いている。焼いた後で砂糖を焦がしてカラメルを作っている後ろ姿がかわいいので、「もっと焦がして」などと、ちょっかいを出していやがられる。アイスクリームにかけたら、パリッと固くなったカラメルは、プロのような出来ばえでした。二階のみんなは、ハイエナのように集まってきて、「パパイヤは合わない」な

野菜スープ
胡瓜とみょうがの塩もみ
新生姜のシロップ煮

ど口々に言いながら、あっという間にバナナとアイスだけがなくなっていた。

夜中にタクシーで帰り、吉祥寺から自転車をこいだ。

サンは、来週からギリシャに行くのだそうだ。三カ月も。それで「クウクウ」を辞めたのだ。最後に行ってらっしゃいを言おうとしたら、サンはベッドでいびきをかいて寝ていた。

五月九日（木）

「ひと皿料理」の撮影。

表紙の撮影なので、慎重に。

目玉焼きを何枚も焼いた。黄身が黄色くぷるんとして、それをフォークでつぶし、流れて欲しい方向に道筋を作ったりして。

同じメンバーで四日も撮影を繰り返していると、だんだんに家族とまではいかないが、いい感じに馴染み合ってくる。わざわざ会話をしなくても、なんとなくそれぞれが自分の持ち分の仕事をしていて、こつこつと進んでゆく。頑張らねばという感じではなく、ゆるやかに集中している。今日の天気のように、ぼわーっとして静かな集中だ。

ここのところ、ほとんど一日おきに撮影だったが、これが毎日になったりもするのだろうか。けど、そうなってもだいじょうぶのような、どうにかやっていけそうな、今日初めてそんな気がした。

昨日シタ君と酔っ払って話していたのだが、確か私は「皆、平等だと思う」と言った。それは、誰もがやりたいことを、やりたい場所でやれるという可能性について。切り開いていくのは、皆それぞれにかかっている、すべて自分次第だというところで平等なのだと私は思う。職場を替えてもいいし、続けてもいいし、別のことを始めてもいいし、同じことをこつこつとやり続けてもいい。

というか、この前ちいちゃんにそんなようなことを言われたのです。それをすっかり私の考えのようにして言っていた。途中でそれに気がついたが、まあ人の考えなんてそんなものかもしれない。良い考えにはすぐに影響されてしまうものだ。

私は、ちいちゃんにそれを言われてとてもうれしく、救われたような気分になった。だからシタ君にもおすそわけだ。

昨夜、帰ってから撮影用のお米を買い忘れたのに気がついて、夜中の三時頃自転車でコンビニに行った。レジのところで、お腹がもっこりとした、顔は見なかったけど、いかにも、なんとなく仕事でくたびれて帰って来たという感じの男が携帯電話をかけていた。そして追加で氷を買っていた。それを、私はぼんやり見ていた。

コンビニを出た帰り道、霧雨が降るなか自転車をこいでいたら、前の方にさっきの男が歩いているのが見えた。旅行カバンをキャリーで引きずって下を向いて歩いているその背中が、なんとも言えず重たい感じ。出張から帰って来たのだろうか。

前方から傘をさした女の人が、手を振りながら近づいて来た。くたびれ男はすぐにはそれに気がつかず、私が通り過ぎると同時に、たぶん気がついた。女の人は普段着で、とてもにこにことして、くたびれ男を出迎えていた。さっき電話していた相手は、きっとこの女の人なのだ。そして、このふたりは久し振りに会えたのだ。

人が人を好きだという気持ちって、有無を言わせない綺麗なものがある。なんかわからんが、たかが人の恋路だというのに、私はちょっと泣いた。

五月十日（金）

スイセイが病院に検診に行くので、朝ごはんに玄米味噌ぞうすいを作ってやった。りうの朝ごはんには、玉葱とトマトをのせたチーズトースト。材料がどれもひとり分ずつしかないので、私はミルクティーとビスケット。

ふたりが出かけ、私は布団にもどって延々と本を読んでいた。そのうちに、パタッと手から本を落とし、眠りに入る。その繰り返し。

雨の音がずっと聞こえている。自分でも驚くほどよく眠れるものだ。

夢の中で夢をみている夢をみた。というか、寝ている自分でない私が夢をみているという。だから、同時にふたつの夢をみているような、捻れたというか、ずれて二枚重なっていたようだった。よくも頭が狂わないものだ。

夜ごはんは、南瓜の味噌汁と、茄子の炒め煮と、かき揚げを甘辛く煮て卵でとじたもの。かき揚げは、スイセイにたのんでスーパーで買って来てもらったもの。うちの家族は、どんなに質素なごはんでも喜んで食べてくれる。

五月十一日(土)

絵描きの真ちゃん宅で、花見の会。

真ちゃんは庭でいろんな植物を育てている。ギボウシが主だが、最近は薔薇にも手を染めている。ジキタリスもスックと立って満開だった。

年に一度のパーティーは、一時くらいから集まって、庭で焼き鳥をする。暗くなってきたら部屋に入って、ワインなど飲みながら、洋子ちゃん(奥さん)の手料理を食べて、だらだらとくだらない話をして過ごす。年に一度しか会わない何人かの人たちと、この日に

玄米味噌ぞうすい(スイセイ)
玉葱とトマトのチーズトースト(りう)
ミルクティーとビスケット(私)

はここで会える。実は名前も知らなかったりするのだが、知らなくても何のさしつかえもない。この人だなってわかるから。年に一日だけいっしょにいて、また来年も一日だけいっしょにいるから、今日の次の日が来年のこの会。一年が一日なのだ。

一昨年にはひとりで来ていた男の人が、去年は女の人を連れて来て、「彼女か?」と聞いたら「いや、いや」と大げさに否定していたのに、今年も同じ人を連れて来て、「つき合ってる」と発表したりしていた。

真ちゃんとは二十年来の友だちで、年に三回くらいしか会わないけれど、幼なじみのような兄妹のような、別に挨拶なんかしなくてもおかまいなしって感じ。込み入った話なんかしたことないのに、何が好きで何が嫌いかよく知っている。これからもずっとそうだろうな。

五月十二日(日)

そういえば、五月五日は体育の日と日記に書いてしまった。赤澤さんに指摘されました。さすが編集者だ。

どうやら私は太ってきたようだ。今まで週に四日「クウクウ」で肉体労働していたのが一日になったのだから、当然のことだろう。寝ながら本を読んで、お菓子など食べているのだから。

「クウクウ」は静かな日曜日でした。

おかげで賄いの時に試作することができました。例の、買い物に行かなくても家にあるもので作れる料理。ツナ缶のカレー味春巻きだ。じゃが芋をつぶしてチーズも混ぜたら、すごいボリューム。高校生の男子が喜びそう。

そして、お古のラタトウユに、トマトソースとハリサソース（モロッコ風の辛いトマトソース。「クウクウ」自家製）と水とブイヨンを入れて煮込んだシチューもおいしくできた。まるでクスクスにかけるシチューのよう。「クウクウ」では、ラタトウユのお古を賄いで使うことがよくある。味がワンパターンにならないように、皆いろいろ工夫している。カレーがいちばん多いのだが、あとはホワイトソースを加えたシチューか、タイカレーもなかなかイケる。れんこん、南瓜、蕪、茄子などがゴロゴロ入っているのです。そして、タイカレーには、溶けるチーズとおかかと香菜のトッピングがイケます。本当にびっくりのおいしさ。これは、辞めてしまったホール係の男の子が発明しました。

昨日の夢。

歯がぼろぼろ抜ける夢。

新しいことが始まるのを受け入れようと、古いものを脱ぎ捨て、心の準備をしているの

茄子の炒め煮
かき揚げの甘辛煮
南瓜の味噌汁

だという夢判断をどこかで読んだことがあるが、そうなのだろうか。ためしにスイセイに言ってみたら、「俺の歯を見たからじゃろう」。

確かに。スイセイがこの間抜いた親しらずを、昨日部屋に入った時に見せられたのだ。スイセイは、その歯でハンコを作ろうとしているらしい。もちろん自分でだ。

五月十三日（月）

鍼に行ったら、おしゃべり老夫婦に待合室で会ってしまった。声だけしか聞いていなかったので、顔を見たのは初めて。

いちどに五人ずつ治療しているので、つい立ての向こうから声が聞こえてくるのだ。たいがいの人は、私みたいに自分の体感に熱中しているらしく、先生とひとことみこと話を交わすくらいなのだが、このばあさんはよっぽど話し好きらしい。

「セントポーリアの鉢はもう少し陽が当たる所においてあげた方がいいのよ。だけどね、直射日光はだめよ。ガラス越しくらいがちょうどいいの。庭にバナナを置いておくとね、鳥が来て皮だけきれいに残してね、食べてくれるの。でも夜まで置いておくとこんどはなめくじやらゴキブリが来るのよね。だから油断ならないのよ」

前回も、バナナと鳥の話をしていたが。

だんなさんも負けてはいない。「凝ってますか?……さっき待合室に座っていた時にね、親指が動かなくなったんですよ。今は何ともないんですがね……歩いた方がいいんですかね……私より凝っている人がいますか?」ポツリポツリとだが、先生が鍼を打っている間じゅう話しかけている。この老夫婦は、お互いの声を遠くで聞きながら、何を感じているのだろう。仲が良いってことだろうか。

私の方は、「内臓が強くなってきましたね」と先生に言われました。化粧する時に唇の色が心なしか明るくなってきているような気がしていたが、気のせいではないのかもしれない。

五月十四日(火)

掃除機をかけて床を雑巾がけしていたら、みどりちゃんから電話。今日は夕方から青山に豚を食べに行くのだ。フレンチの。それで、「高山さん今日だよ、覚えてる?」と確認の電話。

「何してるの?」と私。「今さー、用事が終わって歩いてるとこ。暑い暑いと思いながら」頭をかきながら、青山の街を大股でさっさと歩いているみどりちゃんが頭に浮かぶ。キュウーイ、キュウーイと鳴く鳥が今日も向こうの木にとまっている。頭の上が黒くて尾が藤色の鳥だ。何という鳥なのだろう。

行ってきました、青山の豚料理。うまかった。たらふく食べました。ワインもうまかった。下田さんと土器さんとみどりちゃんと、大人の女ばっかでフレンチ。

「高山さん元気そうになった。肌がつやつや」などと、みどりちゃんに二回くらい褒められました。前はよっぽど疲れていたらしい。そういえば、飲んでは必ず吐いていた時期があった。やっぱり鍼の先生の言う通り、内臓が強くなってきてるのだろうか。体の中で知らない間に何かが変わってきているって、変な気分だ。

そしてイギリスのパブみたいなとこで、ギネスを飲んだ。

吉祥寺に帰って来て、下田さんの行きつけの店で緑茶割りを一杯ひっかけ「クウクウ」に。妹たちに豚自慢をしに行ったという感じ。

五月十五日（水）

昨夜は帰ってから、スイセイと調子にのってちょっと飲んでしまった。六時くらいまで語り合った。

スイセイは私の葬式をするという夢を見たらしい。弔辞を書かなくてはならなくて、文面を考えている夢。

はと麦入り玄米
ひじき
豚とピーマンの梅ナンプラー炒め

「亀のように沈着に、亀のようなスピードで、やりたい仕事を築いてゆきました。高山なおみの生涯は、幸せなものだったと思います」

亀のようにというところで、きっと皆はその通りと思ってぷっと吹き出すだろうな。

コマーシャルの仕事の依頼。化粧品の。うーんどうしようと悩みながらも、(やりたいかも) とも思ったりしている。

晩ごはんは、ひじき、塩鮭、豚とピーマンの梅ナンプラー炒めと大根の味噌汁。玄米にはと麦を入れてみた。もちもちとして、小さい蓮の実のよう。私は気に入ったが、「ご飯というよりおかずみたい」とりうが言っていた。スイセイは、まあまあみたいだった。食べ物にはあまり変化を好まないところがそっくりな父と娘だ。

五月十六日(木)

明日の撮影の準備などしたら、もう今日はやることがない。ふと思いついて、ベランダにパン屑を置いてみる。雀が一羽やって来て、気がついたら全部なくなっていた。同じ雀だろうか。

夕方六時くらいにまた新しく置いてみたが、夜中に窓からのぞいてみたら、まだそのまま置いてあった。

図書館に行って、本を十冊借りて来た。

晩ごはんは、焼き豆腐と白滝と牛肉の煮たのと、ほうれん草のおひたし、鰹のたたき(レモン醤油ごま油)、昨夜のひじき、麩の味噌汁。

夜中にケーキを二本焼いた。きび砂糖のケーキだ。生姜の粉を入れたら、なんか和風で素朴な味。バター100グラム、きび砂糖100グラム、コーンスターチ100グラム、薄力粉50グラム、卵三個。これがパウンド型の一本分です。

バターケーキは、バターと砂糖を泡立て器でかき立てる時がいちばん好きだ。「まだ、まだ。もっと白っぽくなるまでやらなくてどうする」と、自分に厳しくする時、頭がぼーっとなる。食べてくれる人のことを考えて、念じるような感じ。好きというか何というか、そこが山場で正念場。ストイックな気持ちに追い込む感じだ。

五月十七日(金)

明け方、ギイエー、ギイエーとけたたましい鳥の声がしたので、そっとカーテンのすき間からのぞいてみると、いました。ベランダのパン屑を食べていたんです。目の前にあの鳥が二羽も。尾が藤色で頭が黒いきれいな鳥。虫眼鏡でのぞいたように大きく、はっきりと見えました。尾だけでなく腹のところも藤色で、ぷりっとつやつやしていた。安心して

焼き豆腐と白滝と牛肉の煮たの
ほうれん草のおひたし
鰹のたたき

また布団に入った。

撮影は四時くらいに終わりました。スタート時点で、どうも頭がはっきりしないと思いながらやっていたら、そのうちに雨が降ってきた。そして土砂降りに。雨の前というのは、貧血っぽくなるらしい最近の私の体よ。

撮影が終わって「クウクウ」に行き、しおりちゃんと新メニューのミーティング。しおりちゃんの若々しいアイディアに私がのっかって、最終的な盛りつけや仕込みのやり方を決めてゆく感じ。だからほとんどシオリズ・レシピなのです。

そういえば、私は昨夜スープを飲む夢をみた。どこかのパーティーのような場所の片隅で、「なんだろうねぇこのハーブみたいなのは」と、みどりちゃんや日置さんと言っている夢。見た目は、少し赤みがかった黄色っぽいサラサラしたスープに、ディルのような形のハーブが刻んで入っているだけなのだが、牛骨とか豚骨からじっくりとったスープで、くず野菜もたくさん入り、いろいろなスパイスの混ざっている微妙な味がして、ものすごくおいしかった。トルコっぽいような、もう少し洋風がかっているような味。

その味を覚えているので、今年のクリスマスパーティーの時に作ろうと思う。なんとなく、田舎の花嫁のスープっていう感じでした。

五月十八日（土）

じっくりと風呂のような眠りに浸かって、毒を出そうとしている夢。夢というかまたまた半睡眠だ。ねぼけているのだ。（毒って？・）と思うけれど、なんとなく私は知っている。

今日は一日中、布団の中で本でも読もうと思う。

五月十九日（日）

「クウクウ」は忙しかった。お客さんが来始めると、私はエプロンの紐をキュッと絞め直して、途端に姿勢がしゃんとする。そうすると早く動けるからなのだが、けっこう無理なことをしているのだ。これって、布団をかぶってぎりぎりまで楽屋で寝ていて、舞台のソデまで行くのにも誰かに支えられながら出て来るようなばあさん歌手が、舞台に立ったとたんにシャキッとして、みごとに歌い上げてしまう、というのに似ているのかも。

肉体のなごりというのは、けっこうしつこい。というか、気持ちの言うことをなんでも聞いてしまう肉体って、けなげなものだなと思う。

五月二十日（月）

テレビの打ち合わせ。

いろんな野菜のサラダ
オイルサーディン・フライパン焼き
大根おろし

「先生、下の桜の実がすごいですね」と来るなり言われる。「杏の実です」と答え、笑いから始まる打ち合わせ。テレビの人たちって、いつ会っても本当に元気だ。

わりとさっさと決まっていったが、このところ使ってはいけない調味料や、材料はできるだけ少なめにという雑誌の仕事ばかりやっていたので、頭が混乱してしまい、スープに卵を入れるかどうかで「卵入れない方がいいですよね。入れても入れなくても私はいいんですけど」と私。「うーん、先生がやりたいのはどっち?」と、ズバリ聞かれてしまった。それでやっと気がついた次第。全体的に、貧血っぽく頭がぼーっとしていた私。

皆が帰ってから大急ぎで玄米を炊いて、食欲味噌(味噌に生姜やにんにく薬味などを混ぜたもの。減ってきたらどんどん味噌とみりんを加えて、そうめんの残りの薬味など、みょうがでも香菜でもなんでも加えてゆくというもの。こんどの「クウクウ」のおすすめでもやります)と海苔で食べました。

晩ごはんの買い物に行きたくないなと思っていたら、「おれは大根おろしと玄米でええで」とスイセイ。家は、ない時には本当に何もない。冷凍庫も空になっている。

けっきょく、撮影の残りの野菜類を全部サラダにして、オイルサーディンを缶から出してフライパンで焼き、スイセイが大量の大根おろしを作った。それと、麩と玉葱の味噌汁。

この間雑誌でやった、「買い物に行かなくてもできる晩ごはんの献立」というのを、地でやってしまいました。台所で、とても料理とは言えないものをぼそぼそと作っていたら、「腹へったー」ととりうが起きてきた。

そして三人で食べました。「素朴でおいしかった」ととりう。「オイルサーディンがすごいうまかった」とスイセイ。

五月二十一日（火）

新メニューのまとめと、日曜日に漬けたらっきょうの様子を見るために「クウクウ」へ。ドリンクとデザートの新メニューは、ホールの子たちが自主的に開発することになっている。ヤノ君が、モロッコ・ミントティーを試作していた。本式に抹茶を立ててミントを浮かべ、底のところに角砂糖を沈めたらどうかとか、砂糖をかじりながら飲むのってどうかなどと、皆で相談している。

私はカウンターに座り、皆の声や空気を味わっているうちに、ひっそりと楽しくなってきてしまい、飲む体勢に。早番を終えたユミちゃんと彼氏の大ちゃんの間に割り込んで、けっきょく終電間際まで飲んでしまいました。ハモニカ横丁の、憧れの「スモール・ライト」で。

小松菜と油揚げの煮浸し
蛸の刺し身
キャベツの味噌汁

五月二十二日（水）

そういえば、あのきれいな鳥は「オナガ」というそうです。二日続けてパン屑を置いていたら、二日目には五羽くらいやってきました。そして三日目には置くのを忘れてしまい、鳴き声で目が覚めてカーテンの隙間から覗くと、やっぱり五羽くらい来ていた。うわーっと、申し訳ない気持ちになり、もう半端な餌付けはやめることにしました。遠くで眺めているくらいが私にはちょうどいいのだ。パンだっていつもあるとは限らないし、旅行に行くこともあるのだから。

晩ごはんは、かますの干物、小松菜と油揚げの煮浸し、蛸の刺し身、トマト、茄子の油焼き、キャベツの味噌汁。

スイセイは蛸ばかり食べて玄米を残していた。ダイエット中なのだそうだ。「昔の俺だったら、味噌汁をぶっかけて食べてたけどの」と、自分のことを褒めながら、ラップをかぶせていた。

夜中に『ブレードランナー』をひとりで見る。スイセイも自分の部屋で見ているだろうと思いながら。

五月二十三日（木）

「クウクウ」に、次のらっきょうを漬けに行く。

洗っても落ちないらっきょう臭い手のまま、電車に乗ってマスターの展覧会に。メキシコに住んで銀細工を作っている「くにおちゃん」というおじさんとのふたり展だ。そこでテキーラを一杯ごちそうになり、梅干しの十二年ものというのを食べた。なぜか梅酢がゼリー状になっていて、梅はじっとりと練れ、塩が熟れていて和菓子のようにおいしいものだった。

くにおちゃんと、ギャラリーのオーナーの鳥井さんがふたりして「しょうちゃんが元気がないから」と、マスターのことを心配していた。五十過ぎた男ふたりが声を合わせてだ。「カルマ」に行くというのでついて行く。コージさんと明美ちゃんたちがいた。コージさんは、自分のバッグからCDを取り出してはいろいろかけている。メキシコのブラスバンドのような曲。いかにも広場で演奏していそうなおおらかで荒々しい空気。あんまりよく知らない人々に混ざって飲んでいるうちに、それでも皆がくにおちゃんのことを大好きだというのがよくわかった。そのことだけで私は気持ち良くなってしまい、酔っぱらって、マスターと手に手をとって終電で帰って来た。

帰ってから、かなり酔っぱらっているくせに、ゴーヤチャーハンを作り、火傷した。酔っぱらって料理をするのは楽しい。豪快さが増す。スイセイに食べさせるためだが、何か作りたいから無理やり作って食べてもらったという感じだった。

五月二十四日(金)

本澤さんから「高山さんお仕事ですよ」の電話で起きました。「やる、やる」とねぼけながらも即答した。ありがたいことです。本澤さんは飲み友だちでもあるが、バリバリの編集者でもあるのです。

油揚げと人参と豚肉、干し椎茸をバリバリ砕いて炊き込みご飯にした。薄口醤油とナンプラーと酒と太白ごま油で。浸水時間もなく、すぐにスイッチオン。厳密に三十分など浸けなくたってだいじょうぶだ。そして、和風でもなんでも、炊き込みご飯にはナンプラーを入れてしまう私。

それを夕方ささっと食べて、スイセイと「ごはんや」さんじゃなかった、「ごはんや」の朝ちゃんの弟さんが、今は引き継いでいるお店「のらぼう」へ。西荻なので、てくてくと歩きながら行きました。歩きながら、昨日も飲んでしまったし、「私こんなに暇でいいのかなあ」と、最近の不安をスイセイにぶつけると、「ええんで。あのの、少なくとも半年はそうやってゆっくり休んだらええ」という答え。昨日もマスターに「みいはずっと忙しかったんだから、ゆっくり休んだらいいよ」と優しく言われたが、ほんとに良いのだろうか。

「のらぼう」では里帰りした朝ちゃんが待っていた。お腹がぽっこりふくらんでいる。六カ月だそうだ。あの、頑張り屋さんの朝ちゃんが、少しだけ陽に焼けて、ほのぼのした柔らかい顔になっていた。途中から西荻のクッキー屋「がちまいや」さんの夫婦も参加して、朝ちゃんを囲む会になった。

なんとなく、忙しいのを頑張ることばかりが良いのではないというような話をそれぞれがしていて、それが今夜のテーマになった。そんなにしょっちゅう会うような人たちではないのに、ここ三カ月くらいの間に、それぞれ同じようなことを考えていたことが不思議でした。

そういえば、この間も変な夢をみた。自分が誰か知らない若い女の子になっている夢だ。性格もまったく違う風になっているのに、その子の魂の中には、私が変わらずにいるという夢。生活パターンが変わって自由な時間がたくさんあると、夢も思ってもいないようなおおらかなのをみるのかもしれない。前は、「クウクウ」で働いている夢だとか、わりと現実的なのをよくみていたような気がする。夢の中で、すでに疲れてしまうたぐいの夢だ。

五月二十五日（土）

夕方四時半くらいが、鳥たちの天国だ。

ベランダの向こうの木に、あちこちからいろんな鳥が飛んで来て、思い思いに鳴いたり、くるりと回ったり、羽をなめたり（つついたり）している。オナガは体は美しいが、声はきれいとは言えない。茶色のむくっとした鳥は、わりときれいな声で鳴く。「ン、ツクピイーツクピイー」と、鳴き始めが途中からっぽい鳥は何というのだろう。頭が黒くて胴体が白い、雀よりも少し大きい鳥だ。体は小さいのに、高く澄んでよく通る声。もしかしてシジュウカラか。

コマーシャルの仕事は断りました。「普段忙しく立ち働いていてくたびれているけれど、私にはその化粧品があるからだいじょうぶ」とか、「忙しいけど、お客さんがおいしいって言ってくれると疲れが吹き飛ぶんです」とか、そういうステレオタイプの言い回しを言わされそうな、なんとなくそういうコマーシャルだったので。そうじゃないだろ！と、私はつねづね思っているので。

夕方、久しぶりに商店街に行った。このところ夜十時までやっているスーパーばかり行っていたので、八百屋にて、その安さとぶりぶり野菜の姿に圧倒され、ガンガン買ってしまった。泥らつきょうまで買った。（漬けるんか？）と、思いながら。

漬けました、塩らっきょう。

夜、窓をいっぱいに開けて、新聞紙を広げて、根っこを切り落としてゆく作業。隣でスイセイがくだらないテレビを見ながら寝ころんでいる。「クウクウ」では毎年漬けていたけれど、あんなに大量でなく、家族のために一キロくらいのらっきょうを漬けるのって、考えてみたら初めてだ。

夜ごはんは、試作。豚のサクサク焼きと、野菜の甘酢漬け。それから、じゃが芋と青じその味噌汁、芽かぶ、切り干し大根の煮たの。

スーパーでなく、やはり商店街に行くようにしようと心に決める。最近「クウクウ」の仕入れもしなくなったので、野菜の旬が、私はちょっとわからなくなっていた。恐ろしいことだ。

五月二十六日（日）

「クウクウ」で私が注意したり怒ったりすることを、誰も聞いてくれないという夢をみた。おしゃべりを止めてくれと言っても、それが通じない。そういう時に私は、「料理にちゃんと向き合えないからおしゃべりを止めて」と注意するのだが（現実でも）、実は、そんなにもっともらしい理由で怒っているのではなく、「私の台所でおしゃべりなんかしない

豚のサクサク焼き
野菜の甘酢漬け
切り干し大根の煮たの

でくれ」というような傲慢な気持ちだったことが、その夢をみてわかった。

なんとなく暗い気持ちのまま「クウクウ」に行って働きました。忙しかった。暑さのせいか途中で眩暈がした。

帰ってから風呂に浸かって、窓を開けてストレッチを念入りにした。空の真ん中に、ちょうど真っ正面に、お盆のような満月が。

そういえば、おととい西荻まで歩いていた時、自転車の前と後ろに子供を乗せ、買い物袋をハンドルにいっぱいぶら下げたお母さんが、「あーっ、ほら。まーたー出ーたーっーきーがー」と子供たちに歌いながら、自転車をこいでいるのを見た。

五月二十七日（月）

鍼に行って来ました。

左の背中にいつもよりたくさん鍼を打って、時間もたっぷりやってくれた気がする。泳いだ後みたいにだるく、ぽやーっと眠くなって、帰り道自転車をこぎながら、最近の考えがふっとまとまった。

このところ私は生活習慣ががらっと変わったので、感じ方というか、今まで考えてもみなかったようなことを思うようになった。ただ単に暇な時間が増えたからなのかと思っていたけれど、それはきっとこうだ。たとえば風邪をひいたりすると、てきめんに気持ちがふさいだり、弱気になったりする。調子が良い時は気持ちも明るく元気。体の具合と気持ちはくっついたものだから、今、私の体は今までとすごく違い始めているのかもしれない。体の使い方というか、境遇が変わったのだから当然のことだろう。そしてもしかしたら、前から無意識に感じてきていたことが、どんどん表面に出てきたという感じもある。

八百屋さんで赤みず（東北の山菜）が出ていたので買った。

レジのおばちゃんに茹で方を聞いたら、皮のむき方から教えてくれた。蕗のような茎の根元をぽきんと折りながら、ツーッと皮をむいてゆく方法だ。そうやれば包丁など使わなくてもできる。農家のおばあちゃんが伝えたやり方にちがいない。縁側で、茶を飲みながら延々とやるのだろう。レジのおばちゃんは、「ちょっとめんどうだけどね、やってみて。おいしいんだから」と、私が買ったことを喜んでいるように言った。

秩父の椎茸が、自然食の店で安く売っていたのも少し買った。

ぷりっと堅く、かさの裏が真っ白な肉厚の椎茸を眺めながら、今夜これをどうやって食べようかね、と思いあぐねる、そういう普通の日々だ。

赤みずのおひたし（生姜じょうゆ）
椎茸網焼き

五月二十八日（火）

原君宅にごはんを作りに行った。つもりが、今日は全部作ってもらうことに。

私は居間でおかあさんとテレビを見て笑っていただけだ。今日の『はぐれ刑事純情派』は北国の話だった。バックで「雪の降る街よ」が流れ始めたら、おかあさんは歌っていた。最後の「ほほえみー」のところではしっかりしたソプラノで。

そこに一品ずつ出てくるのだ。コースみたいに。話には聞いていたが、私はいつも得意がって作ってやってばかりいたから、初めての体験だった。

まず夕方のおやつで、自家製コーヒーアイス。小さいココットに、ひとり分ずつ凍らせてある。「自家製ったって、売ってるアイスにインスタントコーヒー混ぜて、アーモンドとカルーアがちょっと入ってるだけだよ。カルーアいっぱい入れると固まんなくなっちゃうからちょっとにしたんだ。アイスもね、ハーゲンダッツのじゃなくて、カップの安いの方がおいしんだよ」

原君というのは、主婦レベルに料理が上手く詳しい男です。時々細かくて、（もう！）と思うほど。

そして、アスパラとカマンベールチーズのおろし和え。おろしの中に天かすを潜ませているのがミソ。牛肉のゴマ和えサラダは、黄色ピーマンとみょうがと胡瓜と万能ネギが入っていて、ゴマペーストを梅酒でのばして卵黄を混ぜてあるそうだ。「卵黄がミソね」と言っていたが、梅酒というのも、うーんちょっと考えつかないぞ。けど、梅酒の味が立ってなくてほのかに甘めでこくがあり、汁まで飲んでしまうおいしさだった。

次は玉葱三個を炒めて入れた、豆のポタージュスープ。ちゃんとミキサーでなめらかにしてあって、しかも冷たくして出てきた。

そして最後の締めは、帆立の刺し身茶漬け。わさびでなく、生姜なところがいい。青じそも生姜も、これでもかというくらいに細い千切り。

デザートは、私が焼いてきたバターケーキだ。しかも失敗作。高校生の女子が初めて焼いたような味。卵を一個多く入れ過ぎたのだ。

久しぶりに会ったおかあさんは、ごはんをこぼしてもいいように首のところにふきんをかけて、ゆるんだ表情のまま上目遣いにテレビをじっと見ている顔が、童女のようだった。高野文子の「田辺のつる」を思い出しました。かと思うと、私の方に首を回して微笑む、その表情が艶っぽい。おかあさんは昔旅館をやっていたから、お客さん向けの笑顔というのが板についている。華が咲いたような、そういう笑顔だ。

鰤の刺し身
ゴーヤと小松菜と豚肉のチャンプル
芽かぶ

五月二十九日（水）

飲みすぎて泊まってしまい、朝帰りでした。まだ酔っぱらっている感じで、ふらふらと帰って来ました。

帰ってからちょっと仮眠して、渋谷で打ち合わせ。今朝歩いた道を、五時間後くらいにまた歩いていて、ちょっとくらっとした。デジャヴのような感じになった。

丹治さんは水色の細かいギンガムチェックのボタンダウンで、いつもながら文学青年チックでかわいらしい。赤澤さんは濃いピンクのギンガムチェックの小さいブラウスで、女子大生のよう。でも、「なんかさー、金魚みたい」と、みどりちゃんにつっこまれていた。

朝帰りのわりには元気に打ち合わせができた。終わってからみどりちゃんは、ニョッキ教室に行くし、赤澤さんも丹治さんも仕事が残っているそうなので、夕方のまだ明るいうちに爽やかに帰って来ました。特に飲みたかったわけではないけど、皆に会うと、つい「ビールでもちょっと飲んでかない」と、誘いたくなってしまうのだ。

丹治さんはアルタイ共和国に行くのだそうな。ホーミー大会があるんだと。去年私も見たボロットさんに会いに行くんだそうだ。あの、男前の、真の人格者っぽいボロットさんだ。く――、うらやましい。私も行きたいと甘えてみたが、そりゃあ無理な話だ。ボロットさんの倍音を目をつぶって聞いていた時、アルタイの草原でこの声が聞けたら、私の体はどんなことになってしまうだろうと思っていた。だけど、いつかきっと行こう。

晩ごはんは、鰤の刺し身、ゴーヤと小松菜と豚肉のチャンプル、芽かぶ、焼きナス、浅蜊の潮汁。

五月三十日（木）

自分の出ているテレビを、今朝入れたのを見ようと思い、りうの部屋でビデオを巻き戻したら、テープがからまって切ってしまった。（まだ見てないのにー）と、泣きたい気持ちでスイセイが寝ている部屋に行き、べたべたと甘えて起こしてしまった。「あとで直してやるけえ」と、優しいスイセイだ。

どうやって直すのだろう、そんな魔法みたいなことができるのだろうかと思っていたら、セロテープを貼ってつなげるのだそうだ。そんな原始的な……。

机の下に、終わった仕事のいらなくなった書類を何でもつっこんである箱があるのだが、それを整理してたくさん捨てた。そして、次の撮影のメニューをぽわんと考えているうちに、もう晩ごはんの時間。

かじき鮪のフライと千切りキャベツ、茄子とコンニャクのピリ辛炒め、小松菜とオクラの辛子和え、大根と胡瓜の梅酢和え、わかめと麩の味噌汁、玄米。

かじき鮪のフライ
茄子とコンニャクのピリ辛炒め
小松菜とオクラの辛子和え

コンニャクの新しい切り方を発見した。スプーンでコロコロにちぎるのはよくやっていたが、薄めのちょっと大きめに削いでいく感じ。そうやると火が通りやすく、味もしみやすいのだ。それにしても、スイセイが優しかったので、サービスしていろいろ作りすぎた。今夜のNHKの『人間ドキュメント』は、リストラされたおじさんたちが、串焼き屋を裸一貫で始めるというドキュメントだった。始まりの音楽がかかって、まだ番組の予告が流れている所なのに、もうすでに涙が出てきた。パブロフの犬のように。私はテレビはあまり見ないけど、これだけは毎週たのしみに見ているのです。音楽がまた良くて、ほとんど毎週泣かされる。木曜日は、泣きながら晩ごはんをスイセイと食べるのが日課です。

キャベツの千切りを大量に切りすぎたので、夜中にスイセイがおやつで食べられるように、玉葱ドレッシングを作っていたら、りうが起きてきて、玉葱をおろしながら泣いている私に、「しみるかい?」となまいきを言う。確かに、人生が染みる今日このごろだ。

玉葱ドレッシングは酢油のようなのを作りたかった。居酒屋のキャベツサラダにかかっているような。玉葱半分をすりおろして、米酢、塩、醤油ちょっと、辛子、胡椒を入れてよく混ぜ、サラダ油を加え混ぜるだけ。酢と油は三対一くらいの割りだろうか。おいしくできました。

五月三十一日（金）

病院へ検査に行くスイセイに朝ごはんを支度するので、ちょっと早起きしました。

天気予報は大幅にはずれて快晴の青空。洗濯やら掃除やら、床にワックスまでかけた。雑巾がけをしながら、ふと思う。私は今まで自分のやりたいことだけをやるのが良いと思ってやってきたが、ふと、反動というか反作用ということについて思いついた。

何か、やりたいことと関係のないことをたまにぼそっとやったりする時って、その時にはたいして気がついてないけど、しばらくしてからその反動のようなものがやってきて、やりたいことがひときわ際立ってくることってある。幸せだって、しんどいのがあるからそう感じるわけだし……などと、つらつら考えた。相乗効果っていうのもあるしなあ。ちょっと違うけど、まあ同じようなもんだろうと雑巾をしぼりながら鏡を見ると、目の下がたるんでいる。死んだ父も目の下のたるみが大きい人だったなあと思い出す。

何もない大テーブルに白い紙を置き、本についてのアイディアをどんどん書き出す。何かを始める時、掃除をしてからやるという癖が私にはあるようだ。

夜ごはんは、とろろ芋、トマト、春菊の煮浸し、鯵の開き、鮪の中落ち、らっきょう、玉葱の味噌汁、玄米。

＊5月のおまけレシピ

鰹のたたき

鰹の刺し身1サク　貝割れ菜　青じそ　みょうが　にんにく　生姜
万能ねぎ　その他調味料（2〜4人分）

鰹がおいしい時期です。本物のたたきは、皮つきのものを買ってきて、皮をじっくり焦がすのだそうですが、家庭でやるとどうしても生臭さが部屋にこもってしまうので、私は皮をむいた刺し身用で作ります。薬味野菜をたっぷりのせて、サラダみたいにいただきます。

まず、鰹の刺し身は1センチ弱に切って、皿に平らに並べ、冷蔵庫に入れておきます。その間に薬味の準備をしましょう。みょうがは小口切りでも、たて半分に切ってから薄切りにしてもお好みで。

貝割れ菜はざく切り、青じそは千切り、万能ねぎは小口切りにします。にんにくと生姜はみじん切りにして、ぜんぶ合わせてボウルに入れておきます。

しょうゆ、レモン汁、ごま油を2：1：½くらいの割りで混ぜ合わせます。レモンはかぼすでもすだちでもライムでもおいしくできます。

さて、ご飯も炊けて、他のおかずも用意ができたら、鰹の上に薬味野菜をたっぷりのせ、タレをかけまわし、食卓に運びましょう。

＊長ねぎを白髪にしてたくさんのせてもおいしいし、香菜をきざんでのせても合います。その時は、しょうゆにナンプラーを加えて、黒こしょうをひきます。

2002年 6月

小学生が傘を広げて走っていたから、朝は雨が降ったのだろうか。
空の青さがはっきりし、そして真っ白な雲だ。

六月一日（土）

昨夜遅く電話があって、矢川さんが亡くなったことを聞く。

ワインを飲んで寝たが、眠りそうになるとふいっと起こされる。夜汽車に乗っていて、駅に停まるごとにゆらっとして、目が覚めるような感じだった。

夕方から「クウクウ」へ。明日からの夏メニューのまとめをしに行く。「クウクウ」の皆は、全員がやたら元気そうでまぶしかった。結婚式の貸し切りパーティーだったので、オフィスでひとりこそこそと仕入れやレシピなどまとめた。

帰りに自転車をこいでいたら猛烈に本が読みたくなり、パルコブックセンターへ。隅々まで眺め回して四冊買った。本屋に一時間いたのは久しぶりだ。高野文子の『るきさん』、田口ランディの『くねくね日記』、ばななさんと河合隼雄の対談集『なるほどの対話』、河合隼雄の『明恵　夢を生きる』以上。

餃子屋で、ビッグ肉まんと焼き餃子を買って帰る。

夜ごはんは、買った餃子、鮭の糟漬け、キャベツと春菊のおひたし、大根の味噌汁。

買った餃子
鮭の糟漬け
キャベツと春菊のおひたし

六月二日（日）

「クウクウ」は夏の新メニュー初日。

夕方賄いを食べる間もなく、どどっと忙しさに突入。沖縄風お好み焼きとタイ田舎風辛いチャーハン目玉焼きのつけ、が馬鹿人気でした。ひさびさに、胸からお腹から汗を吹き出しながら、ガンガン働いた。

六月四日（火）

きのうは日記を書けませんでした。なんとなく一日じゅう本を読んで暮らしたような気がする。

さて、今日は赤澤さんと打ち合わせ。サッカーの試合のチケットが昨夜遅くに取れたそうで、「暑いですね、夏みたいですよね」と、ますます元気な赤澤さんだった。途中で雹《ひょう》かと思うような大粒の雨が降り、すぐに止んで青空が広がった。

スイセイを誘って買い物に行く。例の八百屋でまたしこたま買ってしまった。青梅も買って来ました。外を歩いている人の数がいつもより多いような。そして、皆なんとなしにはっきりとした顔をしている。目的を持ってそこに居るような感じだ。普段は皆もっとぼんやりした顔をして歩いているような気がする。夕方からサッカーの日本戦があるからに違いない。なんとなく、歳の暮れのような感じだ。夜ごはんを食べながら、レコード大賞や紅白を見ようと計画しているのと同じ感じ。

帰ってからは漬物大会だった。塩ぬきしておいたらっきょうを、干して甘酢（きび砂糖にしてみた）に漬け、梅酒を漬け、ホワイトリカーが少し余ったので、レモン酒を漬け、傷のある梅を醤油漬けにし、胡瓜の塩水漬けを作った。沖縄の音楽をエンドレスでかけながら。風が入ってくる床の上で。このあいだみどりちゃんが「ネーネーズだった人のCD最近聞いてるんだよ、窓開けて」と言っていたのが残っていたのか、そういえば家にもその人のあったな、と思い出して。

そして、野菜や実ってすごいもんだぞと思いました。ぷりぷりつやつやとしている張りのあるものを触っていると、それだけで腹の底に重しがだんだんできてくるものだなあ。音楽や本や人の言葉とかに頭を撫でられることもあるが、それよりももっと体感的に励まされるものだなあ。動物の真面目な無邪気さにも似ているかもしれない。しかも、後でおいしいものが出来上がるというのは、あながち馬鹿にできるものではないぞ。びんに詰まった青梅やレモンやらっきょうは、しかも驚くほど綺麗なのだ。

そして、今日はうれしい宅急便が届いた。ミズのたたきの味噌と山椒混ぜ。ケイ君が実家（秋田）から送って来たのをおすそわけしてくれたのだ。今夜、ご飯にかけて食べようではないか。

六月五日（水）

雑誌の打ち合わせを二本して、編集の方々とそのままビールを飲み始めた。

外は激しい夕立。沖縄の曲をかけながら窓を開けると、土を掘り起こした時のような懐かしい匂いがした。たぶん、うさぎ公園の地面が匂い立っているのだろう。

軽く酔っぱらって昼寝をする。時々、強く降る雨の音を聞きながら。

夜ごはんは、スイセイと私はもやしラーメン。りうは冷麺。それと焼き茄子、トマト、芽かぶ、アスパラガスを網で焼いたのに、オリーブオイルと醤油をかけたもの。

ごはんを食べている時に、ちいさいゴキブリが壁の上を歩いているのを私が発見。りうとスイセイは大の苦手だ。その場で殺そうとする私の反対を押し切って、スイセイは掃除機をバタバタとセットし、吸い取ってしまった。その間、りうは棒立ちになっていたが、スイセイに指図されながら、親子で力を合わせて掃除機の吸い込み口の所にサランラップでふたをして、輪ゴムで止めている。これで解決したのだろうか。

もやしラーメン（スイセイ、私）
冷麺（りう）
アスパラガスの網焼き

六月六日（木）

打ち合わせが終わって、丹治さん赤澤さんと池袋に繰り出した。おいしいやきとり屋さんに連れて行ってもらいました。私は調子良く日本酒など飲んでしまい、「もう一軒行きましょう」と丹治さんに誘われるまま、「マダムシルク」というアングラな飲み屋に行き、そこでワインを二本空けたような気がする。「もう一軒行きましょう」とまた丹治さんに誘われ、赤澤さんはここでタクシーに乗ってお帰りになり、ふたりでタイ料理の店に入ったのだが、もうこれ以上何も飲めないことに座ってから気がつき、すぐに出て来て公園に行った。

石畳の上に座って、そこで、ついにやってしまいました。というか、いちど挨拶を入れておきたかったのだ私はずっと。丹治さん、何で私の本なんか作ってくれるの？　何で私なんかの所に来てくれたの？　と、首ねっこをつかまえてぐらぐらと頭を揺すりはしなかったが、言葉の勢いはそんなようなものだったろう。問い詰めたのだ。私はこういうへんてこでしつこくてわがままな人間だけどよー、おめー、ほんとに私ととことん付き合ってくれる根性あるのかよーと言いはしなかったけど、もう少し優しい言葉では言ったと思う。だけど私は反省しません。それが私なので。

丹治さんは、ちゃんと答えてくれました。何と言われたかは忘れてしまいましたが、

（ついて行ってほんとにいいんですね）と思わせることを言ってくださった。

帰りのタクシーの運転手さんが優しかったなー。「お客さん、アルコール入ってますか。気分が悪くなったら言ってくださいね。そこに袋もあるから使ってください」と言葉にしたらたわいのないせりふだが、その声と言い方はべたべたしていなくて、強くもなく弱くもなく、にじみ出ていたな。何がにじみ出ていたかって？　それは愛です。

六月七日（金）

スイセイと、ちいちゃんの個展を見に行きました。なんだか今まで感じていた彼女の世界が、ぐわっと皮がむけてはためいているような、おもしろいことになっていた。作風が変わったとも言えるのだろうか。でもそんな表向きの言い方でなく、もっともっと彼女らしさがにじみ出てきているような。自分で自分の体に傷をつけて、ほらこんなんもあるよと、次々取り出して見せてくれるような。好きな作家さんだなあ。彼女は若いし、これからも彼女が生きている限りいろいろ見せてもらえるのだなと、やけにじんわり思ったりした。私も頑張らねばと思う。

ハルタさんと待ち合わせて焼き肉を食べに行った。豚トロって、ごまと胡椒がいっぱいかかっていておいしいものだ。初めて食べました。スープとご飯を私が混ぜておいたのを、どうしても食べられなくて残しておいたら、お勘定をする段になってハルタさんが、「あー、私こういうのすんごくやなんです」と言って、大急ぎで全部きれいに食べてくれた。今日私は、ハルタさんといるといつも思うことをまた思った。この人の前では、私はおねえさんでもなく高山なおみでもなく、しいて言えば小学校四年までの私になるな。世の中というか、自分以外の人と自分との違いについて、まだ気がついていなかった頃。それは大いなる自分が堂々と悠々とのさばっていた頃だ。私、その頃って友達がいなかった。ひとりでごそごそと遊んでいた。

思ったのだが、昨日丹治さんにからんだのって、ランディさんの『くねくね日記』を読んだからだ。ぜったいそうだ。私はミーハーだから、すっかりその気になってしまったのだ。馬鹿か私はとも思うが、ずっと前から気になっていたことに、ランディさんの文章が火をつけたというのが正確なところだろうと、自分で分析した。

六月八日（土）

ひさびさにゆっくり眠った。まだまだ寝ててもいいんだよ、と自分に言い聞かせながら。三時に起きました。冷蔵庫の中に手打ちうどんがあったので、大量の湯をわかして茹でた。昨日、大学のゼミでうどん屋に行って手打ちうどんを打って食うんだと、りうが自慢していたから、そのうどんに違いない。なんで映像学科がうどんを打つのだろう。大学というところは謎だ。どっちにしても、コシがあって粉の味がじんわりして、すごくおいしかった。

二日続けて肉を食べたから、私のお腹はこわれている。

寝室に入ったら、プーと音がして、寝ているスイセイがおならをした。私と同じ臭い匂いがする。きっとスイセイのお腹もこわれているのだろう。ほとんど毎日、同じものを食べているんだなこの男と、と思うと郷愁のようなものを感じた。何に？　私の胃袋がスイセイの胃袋に感じているのか。パンツからふくろをのぞかして寝ているスイセイ。

気をとり直して、今日はためているゲラの直しを一気にやってしまおう。

六月九日（日）

「クウクウ」はものすごい暇でした。早めに来ていたお客さん方も、八時が近づくにつれ、皆どんどん帰って行く。サッカーがあるからだ。試合が始まってから、二組ほどお客さんがいらっしゃったが、私は心の中で思ってしまった。「なんで、あんたらはサッカーを見ないんか。大勢の人たちが盛り上がっているんだから、違うことをしてないでいっしょに盛り上がればいいではないの」と。

実は私もサッカーは見ないから人のことは言えない。この間だって、アルゼンチン戦の時に焼き肉屋にいた。だからと言って、こんどの日本戦を見るかどうかはわからないが、見れたら見てみようかな。スイセイは自分の部屋で見ているらしく、けっこう詳しい。ダイジェストを見ながら、いろいろと教えてくれた。

六月十日（月）

掃除をして、ベンチの上に敷いてある布も洗濯した。

そして今日は領収書などの仕分け。なんか一日中イライラしていたのは、慣れないことをしていたからだろうか。

昼ごはんは、キャベツとレタスのパスタ。オイルサーディンがあったので、にんにくで炒めて醤油と黒胡椒をたっぷり加え、それをソースにして和えた。まあまあの出来。

夜ごはんは、椎茸たっぷり入りひじき、チキンとトマトのバルサミコ酢ナンプラー焼き。つけ合わせに、チキンの油で焼いた茄子とチンゲンサイの茹でたもの、大根の味噌汁。

今日は早めに布団を敷いて、本でも読もう。

椎茸たっぷりひじき
チキンとトマトのバルサミコ味ナンプラー焼き
チキンの油で焼いた茄子

六月十一日（火）

今朝はあまりの良い天気に、早起きしてしまった。

鍼に行く時、夏休みの天気のようだった。

小学生が傘を広げて走っていたから、朝は雨が降ったのだろうか。空の青さがはっきりし、そして真っ白な雲だ。

とりあえず今日で鍼は終わり。なごり惜しいような気持ちで階段を降りる。線路にも近いし、居酒屋の上だし、立地条件はあまり良いとは言えないのに、なんでここには良い静かな空気が流れているのだろう。クーラーもつけていないのになんとなく涼しくて、いつも安定した空気がある。この空気が恋しくなったら、また来よう。

昨夜は本を読むつもりがテレビをだらだら見てしまった。三時くらいからＮＨＫで、動物のテレビをやっていたのだ。アフリカのサバンナの動物たち。でかいサイが一頭こちらを向いて立っている。こちらを向いていると言っても、目が両脇の下の方についているので何を見ているかはわからないが。目は、瞼《まぶた》がかぶさっていて、そのたるみだけがびくっびくっと波打っている。体は堅く大きく、まったくの不動の体勢。サイって誰かに似ているなと思っていたら、それはジミー大西でした。

あの人ってよくサイを描いているけれど、もしかしたらあれは自画像なのかもしれない。

私はジミーちゃんを好きです。しかも私は料理界のジミーちゃんと、スイセイに呼ばれているのです。

あの、おびただしい数が群れで大地を移動する動物は何という名前だろう。バッファローみたいな感じで、小さい角が生えている動物。大群が河を渡るシーンはよくテレビで見たことがあるけれど、最初の一頭が河に入る瞬間を初めて見た。それまで延々と引率しながら大地を歩いていた先頭の一頭が、丘を降りて河の目の前に来たら、なんとなく「どうしようかな」って感じになって、しばらくうろうろしていたかと思うと、突然後ろを向いてひょいひょいっとジャンプして後のグループにまぎれ込んでしまった。

(え、渡らないのか?)と思っていたら、どこにいたのかわからないような奴が一匹出て来て、ひょこひょこと河の中に入って行った。

したら、その後に続いてどんどん他のも河に入って行って、もうものすごい数のバッファローが、丘から崩れ落ちるみたいにして河に飛び込むのだ。河も泥が混ざってアメ色になっているし、丘の地面も削れて土煙がたっている。河の流れが穏やかだったから流されたりするのはいなかったが、もう、一列なんかでなく、十列くらいがだんごのようになって、どろどろの河を渡って行く。それを私は延々と見ていた。

最初に渡ったバッファローは特別大きくもなく、どちらかというと痩せて頼りない感じだったけれど、かっこ良かったな。深みにはまった仲間の上を踏み台にして、後から後から渡って来る、誰でもないようなグループに入らなくてはならないのなら、私は先頭を行って死んだ方がました。

六月十二日（水）

テレビの収録だった。収録の日って、雨の確率が多いような。
お台場の私のイメージは、雨で煙っていて人が少ないさびしい景色。何十年か経ってばあさんになった時にも、私の頭の中のお台場やレインボーブリッジはそういう景色のままだろう。誰も乗っていなさそうな遊覧船や、広くない海や、そらぞらしい大きな建物や。子供の時にゆりかもめに乗ってみたかったな。「いちばん前に乗りたいんだ！」と、はしゃぎまわる子供の頃に。

六月十三日（木）

これから渋谷に打ち合わせに行って来ます。さて、どうなることやら。
昨日から雨ばかり降っているけれど、梅雨に入ったのだろうか。そう言えば、ナンシー関さんが急死したそうだ。またひとり、たのしみにしていた人がいなくなってしまった。

打ち合わせも無事終わって原君宅へ。

今日来ていたのぞみちゃん、いい娘だったな。関西系のノリの早口のしゃべり方で、お母さんによく話しかけていた。私に話すのと同じしゃべり方で、しかも内容も同じようなレベルのことを。私がお母さんに話しかける時は、わかりやすくゆっくり。そしてお母さんがボケた答えを返してくると、なんとなく口裏を合わせるようなことを言う。

のぞみちゃんはぜんぜん対等で、おかあさんもそれに答えて、うんうんうんと相づちも早い。そしてちゃんと答えている。たまにボケた答えを返してくると、のぞみちゃんは「お母さん、またっー」と喜んで、カラカラとうれしそうに笑うのだ。

のぞみちゃんは最近結婚したのだが、それまでアパートの下のおじいちゃん（まったくの他人）の介護をしていたそうだ。家族も親戚もほったらかしなので、近所の人たちと協力してやっていたらしい。「おむつをどうしたらいいかわかんなくてさ、（手を口にかざして急に小声になり）私の夜用スーパーを二枚ずらしてやってみたんだけど、やっぱもれちゃってだめだったよ」

そして夜ごはんは、原君作グリーンカレー。グリーンの素はインスタントの素ではなく、香菜とバジルだそうだ。それらをよくすりつぶして、青唐辛子はお母さんが食べられないから入っていない。甘味は玉葱とココナッツミルクだし、ブイヨンを使っていないのにちゃんとコクがある。煮込んでから、茄子の炒めたのと赤ピーマン、最後に刻んだみょうがまで入れていた。

そして、のぞみちゃんが家から作って来た茄子の煮たのとポテトサラダ。ポテトサラダは原君のカレーに合わせて、ほんのちょっとだけカレー粉を入れてみたんだそうだ。人参はシチューに入れるような形に切って茹でたのだが、じゃがいもといっしょにつぶすのもつまらないし、かといってそのままだとお母さんが食べづらいだろう、うーんと考えて、とりあえず半分に切って混ぜてみたんだそうだ。あぁ、それらがとてもおいしかった。

つまんない料理、つまんない味と私は言うが、それは褒め言葉なのです。見た目や目新しさから、へたな工夫をするのは、何に対してかわからないが、よこしまな気がする。しかし、それは普段私がやっていることだがな。

お土産にと買って行った、関鯵の寿司とあなご寿司は、完敗でした。ちょっと気張って奮発したけど、東横のれん街で、私はあまり行ったり来たりせずに、目についたちょっと豪華そうなのを大急ぎで買った。

やっぱり、誰かのために誰かが作った料理というのが、料理の世界のチャンピオンだろ！ というのを味わった。それが今日の私の反省です。グリーンカレー、うまかったなあ。

六月十四日（金）

月曜日から旅行に行くので、帰って来てからの撮影のレシピのまとめをがんがんやった。起きぬけでパソコンに向かって、すごい勢いでレシピを打ち込んでいたら目がかすんできた。スイセイの朝ごはんをちょっとめぐんでもらって、玄米に卵をかけて食べた。醤油の代わりにナンプラーを入れるとおいしいのだが、入れ過ぎてものすごくしょっぱい卵ご飯だった。スイセイに半分やったら、「しょっぱいのぅ、みいはほんとに料理が得意なんか?」といやな顔をされました。

三時くらいからスイセイは自分の部屋でサッカーを見ている。

「わ———」という歓声が窓の外から聞こえ、ハル（大家さんの犬）もそれに答えて遠吠えをしている。日本が一点入れたのだなと思いながらも、パソコンの指は止まらない。

夕方から「クウクウ」で晩ごはんを食べた。夜にはまた韓国戦があるので、てくてくと早めに歩いて帰って来ました。スイセイはどんどん速足になって、家に着いたら即テレビをつけていた。

六月十五日（土）

昨夜はなんか眠れなかったなあ。頭が次から次へいろんなことを映し出してしまい、いちいちそれに反応して、悶々としていた。

ためしに寺門先生の体モード体操をしたら、その後はスーッと眠れたようだ。その体操というのは寝ながらできる。

まずかかとを台の上（四十センチくらいの高さ）にのせて足をのばす。腕を後ろにのばして、足先が少しじんじんしてくるまで（二分）。のばした手を頭の上でつなぎ、もう少し足先がじんじんするまで（もう二分）。ひじを曲げて顔の上で腕を組み、かなり足先がじんじんしてくるまで（さらに二分）。

これは寺門先生の著書『かわいいからだ』を読んで、自分流にやっているのです。目をつぶって体に集中しているので、二分というのを正確にやれないから、私は足のじんじん感を目安にやっている。要は、頭に昇っていた血を下げるということらしい。昨夜は最後の態勢のところで、すでにカクッと寝そうになってしまったほど。頭と体の腕相撲という感じで、この体操をやっても、頭の冴え方の方がぜんぜん強いっていう時には、効き目が薄いこともある。けど、私の場合八割くらいは成功しています。

というわけで、また昨日の続きのレシピ書きをやることにします。

レシピ書きもプリントアウトも終わり、勢いがついて机の前の棚を整理した。旅行から帰って来たら、収納の取材もあるのだ。どこを写されるかわからないので。しかしまさか押し入れは写されないだろう。私の私生活はきちんと収納などしていない。台所や仕事まわりだけは、まあまあちゃんとやっているが。だが、整理整頓の人から比べたら、ぜんぜんたいしたことないっていうか、ぜんぜんだめだろう。

夜ごはんは、ポテトサラダ、つる紫とエノキのおひたし、豚肉とピーマンのナンプラー胡椒炒め、キャベツの味噌汁、枝豆。

テレビを見ながら枝豆ばかり食べているスイセイに、「みぃは、ほいじゃがよう食べるのぉ」と言われ、ちょっとムカッとくる。私だって今日はあんまり食欲がないのだ。自分ひとりだったら、今日みたいな日は何も作らずに寝てしまうが、家族のためにいろいろ作ってやってんじゃんヨと心の中で思い、ますます食べたくなってしまった。何の感謝もされずに、テレビを見ながらぼそぼそとごはんを食べる旦那さんを持った奥さんの気持ちが、一瞬よくわかりました。けど私は、ごはんの前に枝豆を食べたからお腹が空かないのだろう。

豚肉とピーマンのナンプラー炒め
つる紫とエノキのおひたし
枝豆

六月十六日（日）

朝、目が覚めた時、体の奥の方に現実感のようなものを感じた。それがむわーっと広がってくるので、寝ていられなくなって早起きした。なんだろう。体は怠いし、気分もどこか怠いから、いつまでも眠りの世界に浸っていたいというのがいつもの私なのに。体のどこにも痛みがなく、痛みどころか体があることを感じないような。

思い出したのだが、それは二十四歳とか二十五歳の頃の気分だった。昨夜原マスミのライブビデオなんて見たからだろうか。『夢の4倍』なんか、バンドでやるとやっぱすごいもんだなと、関心しながら見ていた。歌詞がすごいんだ。よく、ああいう世界を言葉に押し込めたもんだな、なんて。

そうそう、私の二十四歳とか二十五歳とか二十六歳とかは、原マスミの音楽にぞっこんだったから、ちょっと昨夜は原マスミつながりで、その体感を思い出しちゃったような気がする。こういうのを若返ったと言うのだろうか。それとも、もう旅行が始まっているのか。屋久島に暮らしていた（去年の八月に亡くなった）山尾三省さんという方の本も読んだからか。

私はエコライフとか地球に優しくとか、声を大にして言っている人たちが苦手だが、この人は大きく違う気がした。有名な方なので、とっくに大勢の方々は知っているかもしれないが、私は初めて読んだのだ。『水が流れている』という本。読みながら、体がちょっと浮いたような、きれいな水を飲んでいるような感じになった。読み終わってそのまま寝たから、だから元気なのだろうか。

と、ここまで書いて「クウクウ」で働いて来ました。ひさびさにけっこう忙しく、途中でバテそうになった。やはり、二十四歳なのは気持ちだけでした。

明日からスイセイと沖縄に行って来ます。夕方の四時過ぎには波照間島に着いて、良美ちゃんと順君に会っている予定。

六月十七日（月）

朝七時半に家を出て、いざ波照間へ。

空港の荷物検査はやはり厳しく、スイセイはリュックの中身をすべて見られていた。そしてアーミーナイフを没収された。チケットの名前が、手違いで「オチナイ」（私の本名はオチアイ）と印刷してあったので、「名前は間違えても飛行機はオチナイ方がいいですけどね」と、せっかくスイセイがギャグを言ったのに、係の女の人は完全に無視していた。忙しいのだ。空港でも吉祥寺駅のキオスクでも、こんなに朝が早いのに、みんなテキパキと覚醒して働いていることに驚く。

飛行機は、大幅に遅れて石垣島に着いた。

大慌てでタクシーに乗り、ぎりぎりで最終の船に間に合う。空港のおねえさんも、タクシーの運転手さんも、船の時間を気にして親身になって急いでくれた。そして船も出港し始めていたのに、走って来る私たちを見つけて待っていてくれた。本当に、とてもありがたいことだ。でも、今はこんなにありがたいと強く思っていても、この想いは、これから始まるいろいろなことが、どかどかと積み重なっていちばん下にくるのだろうなと、船が走り始めてしばらくしてから、海を見ながらぼんやり思った。

波照間の港には、良美ちゃんと順君とチャロ（犬）が迎えに来てくれていた。ふたりとも、私の頭の中の像よりも真っ黒だ。チャロは同じ。

おじいの宿に送ってもらって、まずは着替え。じっとりと湿気があって、いるだけで汗が吹き出てくる感じ。

車に乗せてもらって島をゆっくり走りながら、おじいにもらったビールを飲む。ひと口のどを通るごとに、「はぁ――」とおいしいため息が出る。サラリーマンのおじさんが、ビールを飲むたびにやるあの「はぁ――」だ。ビールでもお茶でも水でもなんでも、波照間に来ると、私はそれが出る。良美ちゃんがそうなのだ。「だって、おいしいからさー」と去年言っていたが、完全に私にもうつってしまった。だってものすごくのどが乾くし、汗もたくさん出るから、異常においしいのだ。

太陽はなかなか沈まない。

夕方、出来たての豆腐を買いに行った。どっしりと重く、まだ温かい。「パナヌファ」(順君と良美ちゃんの店)で、長命草という薬草を下にしいて、どっしりとした豆腐を良美ちゃんが盛りつけてくれた。醤油をかけなくても、海水の塩分で充分おいしい。粉を練ったようなじんわりした味。おいしい油のような味がする。長命草は紫蘇のようなハーブのような味。

良美ちゃんのラフテーは、よくあるラフテーのように黒く濃い味ではなくて、白っぽくあっさりこっくりした味。黒砂糖で作ったざらめで煮るのだそう。酢も入っているらしい。そうすると昆布のぬめりが取れてさらっとするそうだ。軟骨までとろとろに柔らかいこのラフテーは、どこだかの家のおばあに教わったのだそうだ。

私はシークワーサー入りのビールに氷を入れてもらって、何杯もおかわりをしながらこれを書いている。

六月十八日(火)

首に巻くタオルは、これからは二本持って来よう。

そして私の背中はまったく痛くない。肩甲骨の奥の一カ所に、コリコリに固いものがいつもあって、鍼に行ってもそれだけは治らなかったのに、波照間に来てからその塊が消えていることに気がつく。

何というか、ここの空気はただものではない。ただ暑くて湿気があるのではない。重く柔らかく、まとわりつくような。太古から変わらない、強く温かいものにじわーっと抱かれているような感じなのだ。重いのではなく、真綿のようにぼんやりと厚みがあるのだ。自分のすべてを赦され認められていると、何の脈絡もなく実感してしまう。

昨夜寝ながら考えたこと。

波照間島に来る時の、ジェットコースター状態が一時間以上続く、耐え難い船の揺れについて。内臓が上下するような、あの大揺れにいちいち付き合っていたら、ぜったいに吐いてしまう（去年は吐いた）。その揺れをしのぐには、船になってしまえばいい。荒れた海になってしまえばいいと、途中で気がついた。首の力をぬいて、頭をぐらぐらさせて。そしたらそのうちに眠くなってきて、私は顔も体もぜんぶ緩めて半分寝ている状態になり、その間に着いてしまった。

私の無意識に同化させてしまえばいいのだなと思う。揺れ、エンジンの音、ガソリンの匂いを、不快な異質なものにしないで、同化させて自分の一部にしてしまえば。

十一時に起き、洗濯をして港にソーキそばを食べに行く。

売店までてくてく歩いて、キャベツ、トマト、ブロッコリー、苺アイスと煙草を買った。黒ごまきなこドリンクの素をみつける。

山羊の放し飼いの所に座っている時、スイセイがおならをしたら、草を食べていた親山羊が二頭とも反応して、急にこっちを見て「メエ――」と鳴いた。それまで私らがいることなど知らん顔をしていたくせに。

スズメもカラスも、こっちのは小さく痩せて肉が引き締まっている。カラスは神さまの使いなのだと、良美ちゃんが去年言っていたことを思い出す。

のどがすごく乾くのは、汗をかいているからだろう。ペットボトルのサンピン茶（ジャスミン茶）は、いつも持ち歩いている私だ。

民宿の前の木陰で今これを書いているが、おじいは帽子を頭にのっけて昼寝をしている。そして私は今何をやっているかというと、洗濯機の終わりのブザーが鳴るのを待っているのだ。お客の男の子が上手じゃない太鼓をたたいているのが、向こうから聞こえている。

「ひとの顔に、ついてくるさー」と、おじいがゆっくり言いながら起き上がった。ハエのことらしい。おじいはとてもゆっくり話す。足の親指に網（魚捕り用）のたるみをひっかけて、魚が空けてしまった穴のところをかがっている。延々とその作業をゆっくりと、けどきちんとひとつずつやっている。去年もそうだった。

夜になって、真っ暗な道をスイセイとてくてく歩いて「パナヌファ」へ。

トゥナンパという葉っぱの千切りを、シークワーサー入りの酢みそで良美ちゃんが食べさせてくれる。スイセイが糖尿だと言ったから、用意しておいてくれたのだ。血液がサラサラになる薬草なのだそうだ。ちょっと苦味があり、歯ごたえもあっておいしい。

大きな音がしたからとつぜん雨が降ってきたのかと思ったら、良美ちゃんが冷凍じゃが芋を揚げている音でした。

「パナヌファ」で食べきれなかったアーサーバッポ（アオサ入りお好み焼き）を、宿の青タオルの若者（太鼓をたたいていた男の子）にあげたら、「いつも食べ物がまわりにあるんですね」と言われ、やけにうれしかった。

六月十九日（水）

十時半に起きて、ほうきがぶら下がっているのを見つけたから、掃き出してみた。アリや砂や髪の毛が少し見えるけれど、本当はあまり気にならない。そういえば、夜になるとヤモリもたくさんいるけれど、ケッケッケッという鳴き声を聞くと、なんとなしに安心してよく眠れる。

そして明け方は、ものすごくいろんな声がする。いろんな鳥だろうか。動物の声もあるのだろうか。いつも寝ぼけているので確かめられないが、それがうるさくなくて心地よく、また今日も新しい一日が来ますよーという晴れ晴れした感じだ。

ぶりぶち公園という、昔お城があった森に連れて行ってもらった。

良美ちゃんが子供の頃、駆けずりまわってさんざん遊んだ所らしい。

森の中で、細長い葉っぱを編んで蛇を作ったり、ビックリ飛び出るように、ぎざぎざの形に折り曲げたのを作ってくれたりする良美ちゃんは、木の名前やその効能や、蝶々の名前など何でも知っていて、インディオの娘みたいだ（これは後からスイセイが言っていた）。

ここには昔お墓もあって、良美ちゃんが子供の頃は人骨がちゃんとそこにあった。昔は風葬だったから骨はとても綺麗で、昔の人の骨が自分たちを守ってくれているような気がして、暗くなっても怖くなかったそうだ。とても骨を大事にしていた。

それを内地の学者たちが島にやって来て、研究のためにみんな持って行こうとしていたから、良美ちゃんたちは木の上に登って隠れて、木の実を投げたり石を投げたりして攻撃したんだそうだ。「神さまの仕業みたいに思わせようとしたら、すぐにばれてしまったさー」

ブドゥマリのビーチで、良美ちゃんとベタベタして遊ぶ。浅瀬のところで、寝ころんだ良美ちゃんのお腹に頭をのっけ、いろいろ話した。時々波がやってきて、ふたりとも流されては大笑いする。チャロが波に向かって腰を引きながら吠えるのを見ては、大笑いする。スイセイと順君は沖の方まで泳いでもぐっているらしい。

長い一日だ。

この空を切り取って、東京にいる友だちに送った。

原君に波照間のことを教わって、良美ちゃんのことを聞いて、私はここに二回も来ることができたのに、原君は一度しか来れなくてかわいそうだねーと言ったら、「原君はイマジネーション通信の人だから、実際には来なくても来ているようなもんだからいいさー」と言う。

良美は三十二歳。私より十二歳も年下なのに、私は良美ちゃんといると、同級生か、私の方が年下のようなつもりで話していることに気がつく。

六月二十日（木）

十時四十五分に起きた。

スイセイはどこかに行っているらしい。朝、戸を開けた所に座って、外を向いて爪を切っている音がしていたが。

（しばらくこの島で暮らすこともできるのだな）と思う。

自炊もできるし、部屋には机もあるから、パワーブックがあれば文章をひたすら書いて、ごはんを食べて、汗をかいたらいつでもシャワーも浴びられる。

今、洗濯機のピー——が聞こえたので、洗濯物を干してきます。

入り口の戸を開け放して、枕を持ってきて寝ころぶと、雲がどんどん流れてゆくのが見える。どこまでも青い空に、真っ白な雲だ。「波照間は風の島と呼ばれているさー」と、昨日良美ちゃんが言っていたのを思い出す。

顔を洗っておじいがいる所に行くと、畑から掘ってきたさつまいもを焼いてくれると言う。朝ごはんを食べてないから私は腹ぺこだ。おじいは地面に新聞紙をしいて、土のついたままの芋の皮をむき始めた。皮をむいたら端から切って、塩をまぶして味を薄くつけてから揚げる。おじいが言う焼くというのは、多めの油で揚げることだった。木陰の脇にある小さい台所（と言っても、流しがあるだけの小屋。火を使う時には畳の上に段ボールを敷いて、カセットコンロを出してくる）で。

お客さんが来たので油の番をしていたら、おじいが黒砂糖のかけらを二個くれた。手の平にのっけて差し出す。何も言わずに。

芋は変色しそうなのに、おじいは切ってから洗わないですぐに揚げた。パパイヤも切ってから水にさらさなくて良いのか聞いてみら、「薄く切る前に洗うのは良いけれど、なんでも、刺し身でもなんでも、大きいかたまりの時にきれいに洗ったら、あとは洗わん方がいいさー。味がぬけてしまうさー」と言う。その通りだと思う。

おじいは漁師だが、若い頃には大型船のコックもやっていたから、料理がうまい。「船の中で揚げものは危ないからやらないでしょ」と聞くと、「なんでもおいしいのを作ったよ。トンカツでも、ハンバークでも、サシミでもやったさー」「だから、おいしいから、みんな、太ってしまうさー」

おじいから教わったことのもうひとつ。油で焼く（揚げる）というのは、いちばん早い調理方法なのだ。火をできるだけ長く使わずに料理できる。それは暑さのせいもあるが、燃料の節約ということもあると思う。湯を沸かすよりも油を熱くする方が早いし、熱の入り方もぜんぜん早いから。表面をいっ気に熱で固めるから、おいしさも逃げない。

おじいは今日も木陰で網を直している。

「フ、ハ、フエリが入ってるさ」フエリとおじいは言う。フェリーが港に着いたという意味らしい。今日は荷物を運んでいるから、車がよく通るのだそうだ。と言っても、五分に一台くらいしか通らないのだが。

三時から「パナヌファ」が休憩時間なので、今日もまた浜に連れて行ってくれる。今日のは、良美ちゃんがみつけて道を切り開いたプライベートビーチだ。道路に車を止めて崖をつたって降り、森（ここを良美ちゃんが切り開いて道を作った）の中をくぐりぬけると、大きな岩に囲まれたこぢんまりした浜があるのだ。「良美浜」と私が名前をつけました。

麦わら帽子をかぶって岩の上に立つと、帽子を通して海鳴りがして音楽のように聞こえる。ボ――――エ、ブォ――――エ、ブ――――エ。沖縄音階のように、ゆらゆらした音。

陽が沈むまで四人はビーチで語り合う。チャロもいっしょ。飲んでいるわけではないのに、話がぽんぽん飛んで深くなり、さっき何を話していたからこの話になったのか忘れてしまう感じ。

濡れた服、砂だらけの足のまま車に乗って、夕暮れのサトウキビ畑の道をゆっくり走り、良美ちゃん宅へ。今日、「パナヌファ」は夜の営業を休みにしてしまった。離れの風呂場でシャワーを浴び、良美ちゃんのムームーのような寝巻きを借りて飲み始め、ビーチでの続きをまた語り合う。

トイレに行きたくなったら、道に出て畑の陰でする。ビーチにいる時には、海に入って行ってする。波照間に来たその日から、良美ちゃんに教わってそうしている。

六月二十一日(金)

朝、順君、良美ちゃん、チャロに見送られて、夕方には久高島に着いた。

「ニライ荘」のおばあは憶えてくれていた。去年も私は行ったから。

この島の子供たちは、皆「こんにちは」と挨拶をしてくれる。去年来た時から、私も島で会う人々全員に頭を下げるようになった。なんとなく、この島に来させていただいているという気持ちになる、そういう島だからだ。

夕方、島に一軒しかない食堂に行って、ゴーヤチャンプル、チャーハン、わかめスープ、海ぶどうを食べながらビールをちょっと飲んだら、強烈に眠気がきて、目を開けていられない程になった。宿に帰り、九時には寝てしまった。

六月二十二日(土)

昨夜、コマーシャルに出演する夢をみました。なんで神高い久高島の夜に、こんな下世話な夢をみたのだろう。歌を歌うオーディションがあって、ヘッドホンをはめたら別の曲が聞こえてくる。それを聞きながら違う曲を歌うのが決まりらしい、という夢。

私はだいじょうぶ、ぜったいに受かるからと思っている。自信を持って歌うと、太くて良い声が誰でも出るものなんだよとディレクターに言われて、なるほどとも思っているが、私は、この何人かの人たちの中で、ぜったいに自分が選ばれるだろうと確信している。だから、自分の中ではもうコマーシャルに出ることが決まっているのだ。この疑いのない強い自信は、いったいどこから来るのだろうと、目が覚めながらぼんやりと思った。

朝七時半に起きて顔を洗い、スニーカーに履き替えて準備を整え出掛けた。スイセイとは途中から別行動で、島中をてくてくと歩いては日陰で休憩し、また歩いた。

クボー御嶽《うたき》を抜けたら、うっそうとした森の中に、ひとりしか通れないくらいの細い道につながっていた。やどかりを踏まないように気をつけながら、腰をかがめて降りてみると、思いがけず浜につながっていた。

浜に出ると、まぶしい景色がいっぺんに開けた。海を眺めながら、浜の岩陰でぼんやり休憩していて、ふっと考えが浮かんできた。

この浜の貝殻やサンゴのかけらを、お守りにもらって帰ろうかなと思ったのだが、(どこの貝でもどこの物でも、誰でもが、みんな同じなのだな)と思った。この島は沖縄の中でも神聖な島で、私はそのことを実感で信じている。けれど、その浜の貝だからと特別に思うのは、結局は人が考え出した意味だけだな。本当はどんな物でも同じように、みんな価値があるのだ。だから、それらをひとつひとつ自分の中に入れてしまえばいい。自分の中に、御嶽も浜も、やどかりも入れてしまって、良美ちゃんも順君も波照間も風も入れてしまって、東京に帰って暮らせばいいのだな。ここに来なければ会えないのではなくて、自分の中に拝めばいいし、悩んだ時にも、どうしたらいいか自分の中に聞けばいい。そんなことを考えてみた。

私の中心は、もう東京に帰る準備をしているのだ。明日の今ごろは「クウクウ」で働いているし、撮影もすぐに三本ある。帰ってからのことを考えても、ちっとも苦痛でないのが不思議だ。

六月二十三日（日）

昨夜十二時過ぎに、沖縄から帰って来ました。

東京は涼しい、と言うより寒い。早起きの癖がついているので、九時には起きてしまった。本を読んで布団の中で過ごす。

「クウクウ」の日。皆に、焼けた真っ黒だと言われながら働いた。ちょうどいいくらいの忙しさでした。

倉庫に入って鏡に映る自分を見るたびにびっくりする。（誰だあの人は）という感じ。頭で思っているよりも、かなり私は真っ黒なのだ。

六月二十四日（月）

テレビの打ち合わせ。

料理の他にもちょっとしたトークがあるらしい。ビデオを見ながら、これならできそうだなと判断してお受けすることにしたのだが、しゃべるのが得意でないからどうも気が重い。

常々思っていたのですが、自分の中にふたりいる気がするのです。ひとりは黙々とただ料理が好きで、寝起きの頭のような素朴な人。もうひとりも料理が好きだけれど、けっこうやり手のミーハーで、元気な人だ。その人がけっこう出たがりだから、まいっちゃうんだよな。まあ、どうせやらなければならないのだから、気合いを入れて頑張ろう。

今日もまだ早起きの癖がついていて、十時には起きた。あちこち掃除をして、床にワックスもかけました。沖縄から帰って来た夜、家の中の景色が違って見えた。なんとなく全体に色がなく、白っ茶けて、無愛想な部屋に見えたのだ。毎日ここで暮らしていたから不感症になっていたのかも。あちこち埃がうっすらと溜まっていて、かわいがられていない部屋という印象だった。それとも沖縄が、あまりに海や森の緑や、空の青の色が強くて、光も強くて濃かったから、目がやられてしまったのかも。

夕方、スイセイと買い物に行き、野菜をたくさん買って来ました。玄米が久しぶりに食

大トロの刺し身
茹でブロッコリーのポン酢醤油
絹さやのオリーブオイル炒め

べられるのがうれしい。

夜ごはんは、鯵の干物、大トロの刺し身、茹でブロッコリーのポン酢醤油、絹さやのオリーブオイル炒め、じゃが芋と青じその味噌汁。

手の平くらいの青じそが、束になって八百屋に売っていたのだ。夏の庭にボウボウ生えていそうなやつ。「手巻き寿司にしたらうまいよ」とおばちゃんにすすめられた。

旅行から帰って来たら梅干しを漬けようと思っていたのに、八百屋にはもう出残りのような梅しかなかった。しまった、のがしたか。昨日、駅ビルの八百屋に良さそうなのがあったから、明日買いに行こう。

六月二十五日（火）

朝から台所の掃除。

そして、明日とあさっての撮影のためにレシピをまとめて、大量の仕入れに行った。電話もよく鳴ったし、オフィスのようでした。

「クウクウ」の星丸君が家庭の事情でしばらく休まないといけなくなり、どうしたらいいものかと、ここのところ毎日考えあぐねていたら、ギリシャに長期旅行に行っているサン（三月いっぱいで「クウクウ」を辞めた）から突然メールがきた。アルファベットで書いてあったから、最初はいたずらか何かだと思った。

奥さんの清水田に相談したのは今日の夕方だ。「もしもサンから電話があったら伝えておくよ。でも、いつ電話があるかわからないけどね」と言われていたから、まったく期待していなかった。それから何時間も経たないうちに、「俺、帰ったら手伝ってもかまいませんよ」と遥か遠くにいるサンがメールをくれたのだ。アテネから。ひぇー、奇跡だ。テレパシーだ。パソコンの威力を、私は今日初めて感じました。時空を越えて、世界は本当につながっているのだ。旅行の真っ最中で、帰ってからのことなど考えたくもないだろうに、私はサンのことを惚れ直した。星丸君に早く伝えて安心させてやりたい。

夜は、あさっての撮影分の仕込みをせっせとやった。今はまだ何を仕込んだか言えませんが、ぜんぶおいしくできました。白ワインを飲みながら、機嫌良くどんどん作っていった。

なんか今日はフル回転だったのでくたびれました。肩甲骨のコリコリがまた出てきたようなので、もう寝ます。

そう言えば「アブ」というハエのような虫が波照間の浜にいた。オリーブ色のようなきれいな虫なので、足にとまったのをじっと見ていたら、「それはアブだから、唯一殺してもいい虫や」と順君が教えてくれた。しかし、いざ順君の方にもアブがとまったら、殺そうとしていないようなたたき方をする。平手でなくて、少し手の平を丸めて、パンッと強くやらずに、ゆっくりと押さえるみたいな感じ。だからアブはぶーんと逃げてゆく。何度でも。

六月二十六日（水）

撮影が終わって、もうひとつ収納の撮影をしながら、四畳半の畳の部屋ではちょっとした打ち上げ状態に。本澤さんがおいしいコロッケやメンチと、ビールを持って来てくれました。

つまみが何もないので、いただいた「五穀せんべい」につける用にと、クリームチーズを三十秒ほどチンして、自然塩と黒胡椒をひいたのをかけて出したら、これが好評でした。冷蔵庫で固くなっていたクリームチーズを、ちょっと柔らかくしようと思っただけなのだが、予想以上に熱が入った。「あったかいーおいしいー」と、日置さんがとても喜んでくださった。食べてみると、確かにとてもおいしい。意外な感じ。フィラデルフィヤの安いチーズなのに、言わなければわからない。これは何かに使えるぞと、心に刻んでおいた。

今日は、りうが元家《もと》（実の母の家）でごはんを食べて帰るので、スイセイと私は塩鮭を焼いて、焼き茄子の味噌汁とブロッコリーの茹でたものだけ。

早めに布団に入り、有元葉子さんの新しい本を読む。メディアファクトリーから出た二冊もの。『家族のごはん作り』。

母親として、家族のために長年ごはんを作ってきたからこそ出てきた、有元さんの料理のアイディアって、シンプルさに理由があるから、骨があっていちいちしびれます。

六月二十七日（木）

今日も撮影でした。

何かはまだ言えないが、一種類の素材を使って、ソースや保存ものから主菜から副菜から、たくさん作りました。七時までかかってしまった。ふーっという感じ。

最後に顔写真を撮るので着替えたら、鏡の中の私はすっかり目が落ちくぼみ、黒くもあり、どこの国の人だろう。

仕事がひとつずつ片づいてゆくというのは、体育会系の気持ち良さがあるものだ。そして、ひとつずつを作っていきながら、おいしいレシピが確実に増えてゆく。料理家としての高山なおみが、一枚ずつ太ってゆくような、ひじょうに充実感がある気がしている。それは食べものが、物だからだろう。

表現とか芸術とかと比べたら、本当にささやかなつまらないものだけど、味とか匂いとか量とかを確かに持った、実態のある物だからだろう。それがどれだけ私の中心を支えているか……なんて、今日はレシピを打ち直す指の音がやけに力強い。けれど、背中が痛いっす。

六月二十八日（金）

「クウクウ」の日。

星丸君のピンチヒッターで働いた。天気が重たいから、みんな貧血っぽく調子があまり良くないと言っていたが、なぜか私は元気。体の芯に、おばちゃんの微笑みのようなものが座っていて、それがけっこうどっしりと動かないのだ。つい、にやにやして楽しくなってしまう。生きていることが。波照間の力だと思う。

人にもよると思うが、自然の中にいることって、頭で想像するよりもかなり人体に影響があると今回強く思った。肉や内臓や骨や脳に直接染み込む。

自然、自然と簡単に言うから、もう使い古された台布巾みたいな言葉で、実感としての伝わり方がとても鈍くなってしまっていると思うが……人間がこの世界をひとりで作ってきたと思うことって、何も良いことを生み出さないと思う。それは苦悩の始まりだ。

（料理を作っているから、私は元気なのかもしれないな）と、帰りに自転車をこぎながら思った。

コンビニ弁当が体に悪いと言っているわけではない。私だってたまには食べる。仕事が忙しくて、夕食はコンビニ弁当か外食ですましてしまうのが日課の人は、料理を作らないから、くたびれもひとしおなのではないだろうかとふと思う。野菜を触っているだけで、元気になってくるというのは本当です。野菜は、紛れもなくちいさな自然だから。

六月二十九日（土）

ひさびさの休日。何もしなくてもいい日。

波照間島の「パナヌファ」から送ってくださった写真集を、家族で見る。順君がデジカメで撮ったもの。

私のマックの周りに三人集まって、次々に見てゆく。スライドショーのよう。スイセイが得意になってりうに説明していた。

「さとうきび畑の収穫が終わってからひまわりを植えるとの、土の栄養になるんと。見た目にもええから植えとるんと」「今はおらんけど、ここにはヤモリがたくさんおるんで」などと。

写真の中の私は色白で、なよっとして希薄な感じ。自分では、すごく自然児なつもりで

きのこ玄米ごはん
おでん
ピーマン塩炒め

いたのにおかしいな。良美ちゃんはどれを見ても黒光りしていて、強い生命体という感じ。

そう言えば良美ちゃんに、「みいさん、今年はぽわーんとしてかわいい感じ。去年と顔が変わったさ。女の私でもおっぱい触りたくなっちゃう感じだよー」と言われていたが、そういうことなのか。仕事で顔写真を撮られる時は、撮られている自分を意識して首を伸ばしてみたり、顔を斜めにしてみたりしてきどっているから、まるで別人のような写りだ。確かに私は波照間の自然に抱かれて、ぽわーんぽよーんとしていた。「え、今写真撮って

これが六月十九日（水）のブドゥマリ浜での
良美ちゃんと私（左）の写真です。
チャロも写っている。
順君がデジカメで撮ってくれたもの。

るの。そうなの」っていう感じで。森や海や動物と同じように、良美ちゃんは自然だなと、何度も思いながら傍にいました。じーんと伝わるエネルギーだ。

今日の夜ごはんは、きのこ玄米ごはん、おでん、ピーマン塩炒め、鯵の干物、麩の味噌汁。

六月三十日（日）

「クウクウ」の日。サッカーの決勝戦。

お客さんは皆、実質のあるものばかり（餃子、タイ風チャーハン、季節サラダ）を頼んで、あまり飲まずに八時にはサーッといなくなってしまった。早終いさせていただいて、十一時には片づけが終わった。

帰ってから、きのこと茄子とトマトのカレーを作っておく。夕方炊いておいたもちきびご飯がまだあるから、明日起きたら食べよう。

風呂から上がって窓を開け、できるだけ左の方を見ながらぼんやりした。そこには大きな木が三本あるからだ。

＊6月のおまけレシピ

高山家の梅酒

青梅1キロ　氷砂糖600グラム　ホワイトリカー1.8リットル

この季節になると、梅酒を漬けます。漬けた瓶の中は、その日ひと晩だけですが（すぐに変色してくるので）、緑々してそれは美しいものです。

3カ月くらいで飲めますが、どんどん熟成されるので、私は寒くなるまで我慢します。そのフルーティーな味は、ちょっとおどろくおいしさです。簡単なので、ぜひ作ってみてください。ひとり暮らしの方も、1年で飲みきれなくても、2年、3年と年を重ねるごとにコクが出て、まろやかになるのですから。

梅は大粒の、まだ青くて固いものを選びます。ちょっと値段ははっても良いものを選ぶと、出来上がりが格段にちがいます。

コツはふたつだけ。せっかくの梅に傷がつかないように、ていねいに扱うこと。梅にも瓶にも水けが残らないようにすること。

まず、ボウルに梅を入れ、流水でやさしくこすり合わせるようにして洗い、ひとつひとつ布巾で水けをふきとります。

ヘタを竹ぐしで取りのぞき、傷のある梅をよけます。

密閉容器に氷砂糖、梅、氷砂糖……と交互に重ねてゆき、いちばん上に氷砂糖がくるようにします。ホワイトリカーを注ぎ入れ、フタをして日陰の涼しいところに置いてください。

＊傷のある梅は、醤油と酒（1:1の割りでもいいし、醤油だけでもよい）に漬けて梅酒の隣に置き、梅のしょうゆ漬けに。

2002年 7月

肉体仕事は楽しい。暇にしていると、私って何か忘れているような、手持ち無沙汰な気分になって、心細く落ち着かないのだ。

七月一日（月）

昨夜の夢。

診療所のような所にいて、患者さんの面倒を自分がみている。「悪性か良性か、匂いをかいで確かめながらやりなさい」と、先生に言われながら体を拭いてやっている。患者さんの体は皆のっぺらぼうで、頭もなく手足もなく、腰らしき所が異常にへこんでいたりして、すでに人間の体の形ではなくなっている。すごい悪臭がしているので、私は息を止めながらやっているという夢。他人の下の世話とか得意だと思っていたけれど、案外自分はへなちょこなんだなと感じながらやっている。患者さんは確かに生きているようだけど、体は肉の塊という感じ。

きっと、今『明恵　夢を生きる』という本を読んでいるから、こんなおかしな夢を見たんだと思う。明恵という人は鎌倉時代の坊さんで、夢の中の体験を自分の直感に結びつけて修業した人らしい。

布団を上げた畳の部屋に座布団を枕にして、今日も読書の日だ。

どくだみ茶と三年番茶のブレンドを、やかんでたっぷり作っておくのが最近の私の定番だ。のどが乾いたらそれをがぶがぶ飲みながら続きを読む。トイレからもどる時に部屋を見たら、開かれた本と座布団と毛布が畳の上にあって、まさに穏やかな読書日和の図。その図を見ながら、九時に赤澤さんが来るまで、今日も一日どっぷり本が読める幸せを味わった。

赤澤さんが来て、餃子を作る。あと、じゃが芋のお焼きも。ワインを飲みながら楽しく打ち合わせ。

どくだみ茶と三年番茶のブレンド
餃子
じゃが芋のお焼き

七月二日（火）

ひさびさにちょっと晴れたので、大急ぎで洗濯した。夕方からは「クウクウ」へ。

私は「クウクウ」で監督さんのようなことをしていて、実際の仕事は若いスタッフ達に任せているわけだが、週にいちどは完全なスタッフのひとりとして、仕込みも皿洗いも皆と同じように働いている。

それは前からかもしれないが、たとえば、仕込みノートに「揚げ野菜」と書くのを「焼き野菜」と書いて、伝えた気になっているというようなことが、私にはよくある。意味や内容というような、物事のソフト的な面ばかりに思いが集中して、ハード的な、言葉とか記号とかの面がおろそかになる。簡単に言うと、私は何かが抜け落ちている。ボケているのだ。

けれどそれを「クウクウ」の子たちは、「高山さんがまた変なことをやってる」とニヤニヤしながら、フォローしてくれている。なんか、足を引っ張ってしまっているような気がするなーと思う、今日この頃だ。

七月三日(水)

スイセイが昼ごはんに自分でラーメンを作っていた。セロリとクレソン入り醤油ラーメンだ。ちょっともらって食べてみたら、すごくおいしい。セロリは太めのマッチ棒切り、クレソンはおひたしの残りで、鰹節がたっぷり混ざっているもの。

鰹節がスープに合わさってコクを出し、良い感じだ。

今朝は、眠くて眠くて、いくらでも眠れる感じだった。いちど十時に電話で起こされてから、泥沼の豚のように眠りをむさぼった。こういう事はたまにあるが、たぶん明日がテレビの収録(初めての番組)なので、今のうちにできるだけゆるゆるにリラックスしておこうとする力が、無意識に働くからではないかと自分では思う。だって、今夜はぜったいに眠れないいから。こんだけ寝たら(十二時間)、そりゃあ眠れないだろうが。

そして夢もたくさんみた。

散歩していたら、鳥が順番に私の傍の木に飛んで来る夢。つぐみ、ひよどり、オナガ、ほおじろ、シジュウカラ、ハクセキレイ、めじろ。図書館で図鑑を借りて勉強していたから、私はそれらの判別がスラスラとできる。綺麗だしかわいらしいし、鳴き声も聞かせてくれて、私は良い気分だ。そしてもう少し歩くと、人家の門の脇に、洗濯もの（靴下など）を干す用の、あの昔ながらのブリキでできた物干しに、足を吊るされた鳥たちが、瀕死の状態で何羽もぶら下がっている。奥にある家はどんよりと暗く静かで、木や草が伸び放題で鬱蒼としている。私は鳥たちを助けようとして、あせって洗濯ばさみを次々にはずしてやるが、鳥はドサッとコンクリートの地面に落ちて、皆死んでしまった。

いやな感じだが、むしろこっちの場面の方が意味があるのだろうなと、夢判断に最近興味を持っている私は、ねぼけながら思った。なんとなく私は、鳥を助ける時の気持ちが散漫だった。心からかわいそう助けなくちゃというのではなく、助けることが正義だからというような、表向きなことに捕らわれていた。

これから買い物に行って、明日の収録で作る料理の練習をする予定。そして、何をしゃべるかを箇条書きにシナリオに書き込まなくては。ああいやだ、だんだん緊張してきた。

七月四日（木）

テレビのスタジオに入ってしまえば、もうやるしかないから、私はそんなには緊張しないことがわかった。自分でも驚くほど、けっこう堂々として、ハキハキしていた。けど、出演者の人々はスタイルも良いしきれいだしかっこが良いので、いちいち私は気後れしていたことも確か。私は芸能人ではないのだからそれで良いのだと言い聞かせるが、モニターに写った自分の顔は、まだら焼けに黒くて、シミも出ていた。腕には火傷の跡もある。やっぱりメイクさんにちゃんとした化粧をやってもらえば良かったかも。けど、まあ言いたいことはだいたい言えたし、料理がとてもおいしくできたのが良かった。

明るいうちに終わったので、軽くビールでも飲もうかなと「カルマ」に寄った。

昔、私が働いていた頃によくかけていたレゲエの曲がかかっていた。あの頃、オーナーの丸ちゃんは、自分でカセットテープを作るのが流行っていて、選曲はバラバラなのだが、全体的にひとつのムードを持っている名作テープが何本もあった。それを最近、自分でCDに落としたんだそうだ。次にどんな曲が入っているか、流れでわかってしまう。雑音や、曲と曲の間に入る空白の時間や、そんな細かいことまでもいちいち憶えているもんだ。

そしてふと窓の外を見ると、そば屋の出前のおにいさんが自転車で通った。あのおにいさんだった。前はたぶん二十代だったおにいさんが、二十年後にも、まったく同じシチュエーションで窓の左端から出て来た。歳をとって。けど、表情は同じで。なんか人間ていいもんだーと、愉快になり、ちょっと泣きそうにもなった。私はおにいさんの二十年前の顔を思い出せる。使用前、使用後の写真をふたつ並べて見せられたようだった。

けっこう酔っぱらって吉祥寺に帰って来ました。もう一軒寄ろうかなとも思ったが、ロンロンの本屋が開いていたので、急に本が読みたくなり、目の前にあった『センセイの鞄』と『神様のボート』を買った。二冊とも、読まず嫌いで過ごしていたもの。りうのごはんが塩鮭しかなかったのでかわいそうになり、茄子を揚げて豚肉と中華風に炒めてやった。豆板醤の入った甘辛いあんかけだ。酔っぱらって作ったのに、すごく上手くできた。

七月五日（金）

昨夜は布団の中で、『センセイの鞄』をいっ気に読んだ。読み終わって電気を消しながら、ものすごく泣いた。読み終わってからここまで泣く本て、私はあまり知らない。余韻が、布団にこもってこもって。

川上弘美さんの本て、何冊か読んだけれど、私はどうも苦手な所があった。勝手な解釈だが、女々しさのようなものを微妙に感じていた。普段は男っぽくサバサバとした印象だったから、私もそのつもりで付き合っていたら、何かの拍子に、ピリッと女臭さを感じてしまった女友だちのような、そういう読後感がいつもあった。粘着質なのはぜんぜん良いんだけど、必要以上にサバサバしてなくてもいいんでないの、という感じで、どうも肝を落ち着かせて読めなかった。

『センセイの鞄』は、まったくどこにもそれがなかった。「すごく良いよ、読んでみな」と、私の好きな人たちは皆すでに読んでいて、強く薦められていたし、とても話題になって絶賛されていた意味が、やっとわかった。馬鹿だな私は。早く読めばよかった。

そして今日もまた、風呂にも入らずに読書の日だった。

畳の部屋で、座布団を二枚重ねて枕にして。これが最近のお気に入りの読書スタイルだ。夕方になって、だんだんに碧っぽく空がなってくる頃がまたいいんだこれが。窓を開けているから、時々ぐぐっと頭を上にずらすと、飛んでゆく鳥の腹が見えたりもする。

スイセイが台所に行く頻度が増えてきたので、(そろそろ腹が空いてるんだな) と判断し、晩ごはんを作ることにした。キャベツとセロリのサラダを混ぜていたら、スイセイがまたもや台所に顔を出し、大量のサラダの入った大ボウルごと抱えて、食べ始めてしまった。うれしそうに。その間に鮭のムニエルと、もやしの味噌汁を作り、晩ごはんとなった。

鮭のムニエル
キャベツとセロリのサラダ
もやしの味噌汁

ごはんの後にも、また続きを読む。

蛍光灯の電気って、眠くなる時には色が薄くなり、目が覚めてくる頃には濃い黄色になるもんだ、うーん眩しいなこりゃ、と思いながら目を開けたら、きっちり一時間眠っていた。

良美ちゃんからメールがきていた。

「台風五号が去って今日はとても蒸し暑く、何度顔を洗ってもすぐにべたべたになるよ」と書いてあった。波照間のその蒸し暑さの感じを、私の体はまだ憶えているからすごくわかる。そしてメールの言葉が、良美ちゃんの声になって聞こえてくる。

七月六日（土）

午後から図書館へ。

日差しが強いので帽子をかぶって行ったら、夏休みのような気がしてきた。昼ごはんの時からそうだったのだ。りうがいたから、きのこクリームチーズのパスタを作って三人で食べた。麺類って夏休みっぽい。

けっこう人が多かったので、さっさと読みたい本を八冊借りて帰って来ました。平日のがらんとした図書館の方が、私は好き。ここのところの読書三昧に火がついて、何でも読み倒したい気分。だが、あまりの良い天気に、一冊目の半ばでうとうとと眠くなってしまう。

夕方の暗くなる前に、スイセイを誘って買い物へ。いつもの八百屋へ行こうとしていると、やきそばの匂いがする。何だろう、と思っていたら、どうやら今日は商店街のお祭りらしい。ヨーヨー売りと、かき氷屋も出ていた。けど、屋台らしきものはそれだけで、あとはいつもと変わらないこぢんまりした商店街だ。

「今日は、お祭りだから安くしとくよ」と、果物屋のおにいちゃんが叫んでいる。いったい何のお祭りなのかは不明。明日が七夕だからだろうか。

いんげんのぷりっと太いのと、長崎産のちょっと皮が赤っぽいじゃが芋、茄子、青唐辛子、山盛りのピーマンなどを買う。夕日が沈もうとしていたので、大急ぎでやきそばとお茶を買って、中央公園に向かって歩いて行った。

帰ってから、青唐辛子はにんにくといっしょに刻んで、食欲味噌の中に加えた。前にも書きましたが、食欲味噌というのは私の夏の定番で、味噌に少しのみりんを加え混ぜ、あとは谷中生姜、みょうが、青じそ、万能葱などの薬味類をどんどん加えてゆくという味噌。ご飯にのっけて食べると、食欲が出るんだこれがまた。残りの青唐辛子は酢漬けに。これはスイセイ用。

いんげんの醤油炒め
茹でじゃが芋
ピーマンの網焼き

いんげんはごま油でよくよく炒めて、醤油だけで炒め煮。じゃが芋は、丸のまま今茹でているところだが、皮をむいて塩と黒胡椒をふって、いんげんの醤油煮に添えようかと思う。ピーマンは網で焼いて、生姜醤油で食べよう。

ほったらかしておいたら勝手に育って大きくなってしまったような夏の野菜が、私はとても好きなのだ。それらをできるだけ簡単に料理して、窓を開けた部屋で、もりもり食べるのだ。こんど、とうもろこしも買おう。

七月七日（日）

七夕だったから、「クウクウ」は暇だったんだろうか。（今夜は皆さんお家でごはん？）にしても、ロンロンの魚屋さんはがらがらに空いていた。お客さんの気持ちが、まったく読めない日だった。

風呂から上がって窓を開けると、濃い蒼い空に、水色のところが湖のよう。昨夜もすごくきれいだったけど、晴れて風が強かったせいだろうか。

波照間では、ものすごい星空だったそうだ。メールがきていた。

七月八日（月）

広島の美穂ちゃんから野菜が届いた。

大きなじゃが芋とトマト、茄子、ピーマン、オクラ、そしてプラム。プラムは、枝についたものも入っていた。プラムって、杏や梅みたいに木になるって初めて知りました。そして、梅の実くらいの小粒さ。

今日もよく晴れて夕方がきれいだったので、ベランダで黒ビールを飲んでいたら、スイセイに見つかってしまった。ビールはもうないので、氷をいっぱい入れて泡盛を出してやった。美穂ちゃんからのじゃが芋を厚めに切って揚げ、塩と黒胡椒をかけたもの、トマト、塩らっきょうをつまみに、陽が落ちて暗くなるまでベランダでだらだらと過ごす。ケイト・ブッシュの昔のテープをかけながら。こんなに夏休みみたいなことばかりしていていいんだろうか。

晩ごはんは、茄子とピーマンの炒め物（ごま油で炒め、XOジャンと醤油と酒で味付け）、鶏の塩焼き、そしてスイセイの好物の冷や汁を作った。オクラとみょうが入り。

そしてまた読書。今読んでいるのは、中沢新一の新刊『緑の資本論』だ。

茄子とピーマンの炒め物
鶏の塩焼き
冷や汁

七月九日（火）

「クウクウ」の日。

撮影がパタッと来なくなってしまい、あまりにも暇なので、最近よく「クウクウ」で働いている。肉体仕事は楽しい。暇にしていると、私って何か忘れているような、手持ち無沙汰な気分になって、心細く落ち着かないのだ。それは、私の中のミーハーな方の人が、きっとそうなのだ。もうひとりの方の、寝起きのようなねぼけた素朴な人は、いくらでも本を読み続けたり、だらだらと寝くさっていられるのだが。

七月十日（水）

この小雨と少しの風は、台風の前の静けさなのか。

お昼に食べるものが何もなかったので、もちきびご飯を炊いた。米2カップにもちきび½カップ。この配分がベストかも。もちもちと黄色く香ばしいご飯。もちきびは、波照間の良美ちゃんのお母さんが作ったもの。

『緑の資本論』はおもしろい。このところ気になっていた自分の考えで、まだ形になっていなかったことがあって、それについてのヒントが書いてある気がした。言い方がちょっと難しいところもあるが、今の自分にシンクロしているので、脳の筋肉で解るような感じだ。ひさびさに中沢新一さんを読んだが、昔から私はけっこうこの人が好きだった。思索家というのは考えることが仕事なのだから、世界の秘密について、いろいろな資料を研究し、どんどん深く考えて欲しい。そして、私のような馬鹿にもそれをわかりやすく教えて欲しい。今はまだここに書けないけれど、日々の考えや、ぼんやりとした寝起きの頭で、実感してゆけるようなくらいまで、よく煮えた菜っ葉のように、この本で感じた考えが落ち着いたら、いつか日記で書くだろう。

今日は夜九時半から渋谷で打ち合わせだ。それまでは扇風機に当たりながら、じっくりと読書の時間。

七月十一日(木)

台風一過。すばらしい青空! 雲ひとつ、本当にまったくない。

昨夜の台風はすごかった。

打ち合わせというか、丹治さんアルタイ共和国へ行ってらっしゃい、帰ってからもよろしくお願いします会は、渋谷の「やさいや」さんでした。おいしかったし、美しかったし、きりっとして感じ良かった。

そして吉祥寺に着いてから、ひとりでもう一軒はしごした。一時間くらいいたかな。誰ともしゃべらずに、ぼーっとひとりで飲んだ。そのおかげで、台風のまっただ中に帰ることができました。雨はそうでもないが、風がものすごかった。

いつも通る並木道の欅の林が、背の高い木だから、空に向かって上の方の枝がすごく変な揺れ方をしていた。想像を絶する動きだ。ものすごく大量の海の中のもずくが、対流に向かって体をあずけているような。

枝がしなっているとはとても思えない、ダイナミックな動き。不規則なようでいて、全体的には緻密な約束事で成り立っているような動き。私、欅の秘密を見てしまったよ。すごいもんを見せてくれるな、自然てすごいな、脱帽だな。と、心の中で叫びながらご機嫌で帰って来ました。それにしても、顔も髪の毛も、パンツの中まで、リュックの中までびっしょり濡れていたから、やっぱり雨もすごく降っていたのだろう。

そして今日は快晴の中、矢川さんのお別れ会の会場を下見に行った。当日、簡単なケイタリングのようなことをするので。教会に隣接した古き懐かしい静かな建物は、矢川さんにぴったりな気がしました。

夕方には帰って来て、すぐに晩ごはんを作る。

かんぱちのお刺し身、かじき鮪の塩焼き、ニラとえのきの辛子和え、南瓜の煮物、焼き茄子とオクラの味噌汁、玄米。

かんぱちのお刺し身
かじき鮪の塩焼き
ニラとえのきの辛子和え

今の南瓜はとてもおいしい。ほくほくしてねっとりと甘い。私は南瓜の煮たのにマヨネーズをちょっとつけて食べるのが好き。これは、子供の頃いちばん上の兄が考え出したもので、フランス料理のようだと家族中で気に入っていた食べ方。

きのう「やさいや」さんで食べた南瓜もおいしかったな。甘く炊いたのに、片栗粉をまぶして揚げてあった。そして、ごぼうを酢で煮たのもおいしかった。赤ワインに合っていた。こんどやってみよう。

七月十二日（金）

「クウクウ」で働いた。けっこう忙しかったっす。扇風機を買ったから、厨房のオーブンの仕事も皿洗いも、かなり快適だ。

「クウクウ」でヨーグルト菌をもらってきたので、帰ってからすぐに牛乳を加え、仕込んだ。明日になったらできているらしい。明日、パンの生地に混ぜて焼いてみようかと思っている。なんか、カスピ海のヨーグルトだそうで、普通の自家製ヨーグルトよりもねっとりしているのだ。そのねばりは、喩えは悪いが木工ボンドのよう。おいしそうに言うと、とろけたチーズのよう。そうそう、出来立てのモッツァレラチーズのよう。ためしに、エキストラバージン・オリーブオイルと自然塩と黒胡椒をひいて食べてみたらイケました。

レモンを絞って、胡瓜やセロリをつけて食べたらうまいだろう。これ、赤ワインにきっと合います。酸味は少ないが、つい食べてしまうおいしさだ。腸に良いらしい。

七月十三日(土)

パン、焼きました。カスピ海のヨーグルト入り。ライ麦も少し入れた小型食パンだ。私は小型の蓋つき型で焼く食パンの形がどうしても好きで、焼き上がりが、ぴっと角がとがった正方形に焼けないと気が済まない。一度目は生地の量が少なくて厚みが足りなかったので、すぐに量を増やして二度目を焼きました。

今、焼いているところ。ぷーんと香ばしい匂い。夏は室温で発酵できるからうれしい。スイセイの部屋が生暖かいので置かせてもらったのだが、よくもまあスイセイはあんなに蒸し暑い部屋で、クーラーもつけずにパソコンばかりやっているものだ。

そういえば昨日の新聞で、電子レンジで発酵させるスピードパンの話が載っていた。ひぇー。高い温度で発酵させれば、そりゃあ早く膨らむが、できるだけゆっくり発酵させた方が、パン生地はキメ細かく、おいしくなるというのが定説だ。いったいそれはどういう原理なのだろう。水分を多くするとか書いてあったが。というか、パンは、時間がかかってこそ楽しいのにな。自分で作るんだったら、ふわふわと軟弱なパンよりも、噛みしめるほどにおいしいじっくりした味のパンが好みだ。

世の中の多くの人々は、料理をしたくないから、手間を省いて簡単に済ませたいと思っているのだろうか。料理はしたいんだけど、面倒なのはいやなのだろうか。うーん、どっちも根元はおんなじか？　私は料理は好きだけれど、みじん切りも嫌いだし、面取りもあんまり好きでない。裏ごしなんてとんでもないって感じ。アク取りも、一度きちんとやって放っておく。べたべたと手を加えるのが嫌いなのです。

と、ここまで書いているうちに、なんかこれって、私の人間関係の好みに似ているかもと思いました。べたべたせずに距離を置いた関係だ。つかず離れずっていうか。けれど気に入った素材のことはよく見て、触って、理解する。だからおのずと気に入った素材の種類は淘汰されてくる。もしかして、人付き合いの好みに合わせて料理のやり方をすれば、皆たのしく料理ができるのかも。

七月十四日（日）

今日もまた「クウクウ」でした。忙しかった、すごく。

帰って風呂に入ってから、窓を開けてストレッチだ。今夜は星が少し見える。飛行機らしい明かりが、ものすごいスピードで空を横切って行ったが、飛行機ってあんなに早いものだったろうか。

「クウクウ」の新井君が、「最近、俺、空見るんスよ。帰ったら、ベランダで泡盛飲みながら、ぼ――って空見るんスよ」と、今日言っていたが、私にもそれが伝染ってしまった。良いことはすぐに伝染する。（今頃、新井君も見てるかな）なんて、少し思った。

そしてスイセイと、ぐだぐだと話をしていたら夜が明けてしまった。麦茶を飲みながら。その間、何度もベランダに出て、空の色が変わるのを見たり、鳥を見たりしていた。

六時頃になって、枕を窓際に寄せ、新鮮な青空を布団の中から仰ぎながら寝た。

七月十五日（月）

起きたら夕方四時でした。

ひさびさに心置きなく眠った。台風の前だからか、風が強い。そして今日も青い空に雲が流れている。だからという訳でもないが、白い四角いものだけを洗濯しました。

シーツ、バスタオル、布巾、Tシャツ。

晩ごはんは、鰤の照焼き、マッシュポテトブロッコリー、わかめの三杯酢、冷や奴、茄子の煮浸し生姜風味、わかめの味噌汁、玄米。

鰤の照焼き

マッシュポテトブロッコリー

茄子の煮浸し生姜風味

七月十六日（火）

また食パンを焼いた。

こんどはプラムとシナモン入り。そしてパンを焼きながら、こんどの本で何を作るかせっせとスケッチをした。頭の中で考えているよりも、こうやって絵にしてゆくと、どんどんアイディアが出てくるんです。前書きやテーマになるような文章も、どんどん書いた。

晩ごはんを作るのが面倒な気分なので、八時くらいに出掛けて、西荻の「のらぼう」にスイセイとてくてく歩いて行った。

ここは、前「ごはんや」さんで、今は朝ちゃんの弟のマキオ君がやっている。野菜料理がいろいろあって、センスも良いし丁寧だし、本当においしい。赤ワインのデカンタを飲んでから、九州だったか四国だったかのラム酒を飲み始めた。一升瓶に入った、ルリカケスのラベルのあんまりかわいくないものだが、その変さに誘われて、三十度だというのにくいくいと飲んでしまった。

それならばと、マキオ君が出してきたのは、同じルリカケスラベルの五十度だ。「神酒」と書いてある。おみきだって。これがすごかった。スッコーンと酔っぱらってしまった。帰りに出口まで送ってくれたマキオ君の首に腕をまわして、首すじにキスをしちゃったような気がする。汗がちょっとしょっぱかった。真面目にやっているかわいい若い男の子を見ると、私はねえちゃんのような気分になって、かわいがってやりたいパワーが炸裂するらしい。帰りながらスイセイにも抱きついて、べたべたなよなよした気がする。スイセイでない他の男と飲んでいたら、やっぱり抱きついてべたべたしたと思われる。やばいなー「神酒」は、っていうかやばいのは私だ。

七月十七日（水）

二日酔いで九時には目が覚めてしまい、うろうろと寝たり起きたりして十時まで待ち、あちこちに電話をかけまくった（まだ酔っぱらっている）。ほとんどが仕事関係の真面目な電話だが、最後に原君に電話して、だらだらと近況を報告し合う。下ネタ話で朝からげらげら笑った。

昨日から読み始めているのは、『モロッコでラマダーン』たかのてるこ著。てるちゃんの本の中には、いつも小さいてるちゃんがいて、私を笑かしてくれたり泣かしたりする。てるちゃんは文字になっても偉そうでなく、きどってもなく、いつも実物大のてるちゃんが変わりなくそこにいる。そして、てるちゃんの旅行の足取りと共に私も歩いていくので、（随分遠くまで来たもんだな）と、一瞬本当にそういう想いが私の体によぎる。そしてまた写真がいいんです。カメラを向けられたモロッコ人が、皆ふざけたり笑い転げたりして映っている。内気な人は内気なりにも、ふっと笑いがこぼれたりして。動物さえもカメラに鼻先を向け、てるちゃんに反応して笑っている。てるちゃんて、人を幸せにするなー。

七月十八日（木）

ひざ丈のぺらぺらスカートとちびTシャツ、そしてビーサン。波照間で過ごしてたのと同じ格好をして「クウクウ」で飲んでいたら、ものすごい冷えてしまった。足が芯から冷たい。そんなに冷房きかしてるわけではないのに。

これから温泉の素入り腰湯に入って、汗をかこうと思う。このまま寝たら、きっと風邪をひくと思うので。

今日は、赤澤さん、みどりちゃんと打ち合わせだった。なんか、頭の上の方にチラッと見えてきました。本の姿が。ひとりで考えている時にはありきたりのスケッチだったのが、赤澤さん、みどりちゃんと、ひとりひとりのブレインが私のアイディアを通過して、それぞれのイメージがスケッチの上に降り注ぐのが見えた感じ。

朝ちゃんが、トマトを送ってくれた。金沢の農家に嫁に行って、赤ん坊ができて、でっかいお腹でトマトの収穫にふーふー言っている朝ちゃんの姿が、トマトに映っているよう。

この間会った時、朝ちゃんは袖なしの赤いワンピースを着ていたから、なおさらトマトと重なるのだろうか。

七月十九日（金）

昨夜は『モロッコでラマダーン』上下巻を読み倒した。

前作の『ガンジス河でバタフライ』もかなりエキサイティングだったが、今回はそれを上回る波乱万丈さだった。

汗をかきかき、涙を垂らしながらぐんぐん読んでいった。自然が雄大で激しく、土くれのひとつみたいに暮らしている場所での恋愛って、格好つけることも大袈裟なのも自然に負けてしまうから、そんなことを思いつきもしない。そしてそういう場所で、お互い想いをつのらせながらも肌を重ねない男女って、めちゃくちゃロマンチックじゃん。その真っただ中にいるてるちゃんが、大真面目に完全にはまっているのに、三ページに一カ所くらい関西系のつっこみがチラッとはさまる。そこらへんのノリが私は大好きだった。切なくて笑いながら泣けてくる感じ。

今日もまたすばらしい天気だ。風が強いので、洗濯物がすぐに乾く。そうめんを食べながら、雲が流れていくのをぼうっと見ている。

夕方ベランダに出たら、カラスが一羽頭の上をス――イと飛んで行った。静かに羽ばたいて、黒い腹を見せながら。そして雲は茜色に染まり、白い月が少しずつ光ってくる。去年の夏もこんなに綺麗だったろうか。

作りました、ごんぼうの酢煮。この間「やさいや」さんで食べたのをやってみた。ごぼうを四センチくらいに切って四つ割りにし、だし汁と醤油と酢、酒、みりん少々で歯ごたえを残して煮含めた。おいしくできました。

鮪の剥き身とホッケ、水菜のおひたし、納豆、玄米で晩ごはん。りうが今日は友達の所に泊まるので、味噌汁はなし。

七月二十日(土)

夕方から原君宅へ。

お母さんは私が行くと、いつも服装について何か言ってくれる。今日はまずピンクのTシャツを褒め、スカートを撫でては、「きれいねーこれ、何の花かしら。え? 桜。そうねー桜だわ、素敵だわね。ここの所がほら、色が変わってるのね」と褒めてくれた。よっぽど気に入ったのか、繰り返しまた撫でては同じせりふを何度も(たぶん五回くらい)言っていた。

ごんぼうの酢煮
鮪の剥き身
水菜のおひたし

「陽に焼けたね」と原君に言われ、「そう、真っ黒でしょ」と私。「ほらお母さん、みい真っ黒だよ」と原君。私の腕を見てお母さんは、「毛が生えてる」とだけ低い声でつぶやいて、布を触るように撫でていた。お母さんは嘘をつかない。私は毛深い女だが、見た人はそう思っても毛のことは口に出さず、「ほんとだ、真っ黒だねえ。どっか行って来たの」と、たいがいそう言う。

原家の今日の晩ごはんは、胡瓜とみょうがとスモークチキンの酢の物、じゃが芋のたらこ入り豆腐マヨネーズ和え、卵豆腐のとろろ和え（絶品でした）、豚と胡瓜の山椒炒め。これら全部が原君作。そしてデザートは無花果《いちじく》ヨーグルト。これがめちゃくちゃおいしかった。無花果とヨーグルトと砂糖をフードプロセッサーでかき混ぜて半冷凍にするらしいのだが、「こんど何かで紹介してもいいですか」と、思わずお願いしてしまった。

無花果をシロップで煮てからヨーグルトと混ぜようとプロは考えると思うが、無花果が生のところがいいのです。無花果の味が、のどの脇のあたりに残るんです。

七月二十一日（日）

「クウクウ」の日。忙しかったし、暑かった。新井君がいまいち調子が悪いので、今日の厨房は、健康のためにクーラーを消して働いたのだ。胸の谷間を、腹を、汗がだらだらと流れながら、けどバリバリ働いてすがすがしく、気持ち良かったっす。

帰ってから、某雑誌社からお中元でいただいたオレンジを大量に絞り、ジュースにした。麦茶の入れ物にたっぷり入れて冷蔵庫へ。この季節、毎年の愉しみなのです。

七月二十二日（月）

ここのところ、暑くてうまく眠れない。明け方、鳥たちが鳴き始める頃に寝て、十時には目が覚める。いつもはだらだらと眠れないまま布団で過ごすのだが、今日は張り切って起きてしまった。スイセイは健やかに隣で寝ている。眼球が時々波打っている。夢をみているのか。

仕事のファックスを一本済ませて、今は、洗濯機をまわしながら、もちきびご飯を炊いて、味噌汁のだしをとっているところ。ファックスの相手の編集者さんは、いつも私が昼過ぎに起きるのを知ってるから、「おっ、高山さん早いじゃーん」と感心しているだろう。

午後からは炎天下の中、占いのおねえさんの所に行く。

七月二十三日（火）

昨日帰って来る時にパン屋に寄ったら、どういうわけかチョコレートデニッシュなんて

生オレンジジュース
オレンジ・バターケーキ

買ってしまった。で、自転車をこぎながら、あっと気がつきました。てるちゃんの『モロッコでラマダーン』に出てきたのだ。失恋の痛手をかかえるてるちゃんが、次の目的地に向かうのに、長距離バスに持ち込んだ昼ごはんだった。しかしいざ食べようとすると、バスに乗っているモロッコ人たちは、「本当に食うのかそれを」という強い目をして（無言だが）咎《とが》める。その理由はというと、ラマダーンだ。断食なのだ。日本人なんだから別に構わないのに、てるちゃんはその時からラマダーンを始めてしまうのです。夕べから何も食べていなかったというのに。

それで、ああ、チョコレートデニッシュが……というわけで、てるちゃんが食べてさえおれば、私も食べた気になっていたはずだ。そんなもんだ、人の食欲って。

きのう、占いのおねえさんの所に行ったが、彼女に会うといつも私は元気になる。がぜんとやる気が出てくる。いつも良いことばっかり言われるのだ。そしてそれは、だいたい自分でも薄々感じ取っていたことで、そこにさらに強い確信が加わるという感じだ。

今、オレンジバターケーキを焼いているところ。バター90グラム、砂糖100グラム、薄力粉150グラム、アーモンドプードル50グラム、卵三個の割合だ。ちょっとマドレーヌ風にしたかったので、アーモンドプードルを入れた。あーそうだ。今気がついたが、これも今日読んでいた本に影響されている。江國香織の『流しの下の骨』だ。夜中に姉弟がマドレーヌを食べるシーンが出てくるし、お嫁に行った姉は、なんだかんだとよくケーキを焼いていた。

七月二十四日（水）

朝ごはんは、ハト麦入り玄米と、マルシンハンバーグ、オムレツ、トマト、切り干し大根の煮浸し（甘くない）、里芋の味噌汁。

洗濯はここのところ毎日やっているが、今日は掃除もしっかりめにやり、気になっていた扇風機の埃も拭いた。同時に頭の掃除もできるのか、こういう日は仕事に取りかかるのがスムーズだし、けっこうはかどる。原稿を一本書き（超短いもの）、書類を校正し、本の大きなテーマについてのまとめを書き、「クウクウ」の秋のおすすめメニューを考えた。夕方「クウクウ」に行って、しおりちゃんにメニューについての連絡。

昨日からなんとなくフレンチの本を見ていたので、牛ヒレなんか買って帰って来た。そして、この間から気になっていたじゃが芋のグラタンを作った。耐熱皿にじゃが芋のスライスを入れ、上から牛乳をたぷたぷに注いで塩胡椒し、オーブンで焼く。芋が七割方柔らかくなったら牛乳を捨て、生クリームを注いでチーズをふりかけもういちど焼く、というもの。山本容子さんがフランスの田舎のお母さんに教わるのを、テレビでやっていたのだ。

じゃが芋の天火焼き
牛ヒレのグリル・サフランライス添え
ロメインレタスとイタリアンパセリとトマトのサラダ

いつか作ろうと思って、美穂ちゃんから送られてきたおいしいじゃが芋を三個残し、生クリームも買って、いつでも作れるようにスタンバイしておいた。

そういえば、昨夜焼いたケーキに添えようと、生クリームとカスピ海のヨーグルトを半々で混ぜてホイップしたら、軽くてなめらかなクリームになりました。市販のヨーグルトだったら、二対一の割り合いでできます（前にやった）。これ、おすすめです。

牛ヒレにもどるが、波々のグリルパンであっさりと焼いて、エシャロットとマッシュルームをよく炒めて、バルサミコ酢と醤油のソースを作り、サフランライスも炊いた。あとは、ロメインレタスとイタリアンパセリとトマトのサラダだ。普段のごはんにしてはなかなかしゃれているのは、今日がりうの誕生日だから。二十四歳になったそうだ。私だけひとりで赤ワインを飲んで、別に乾杯もおめでとうもせずに、いつものように三人で夜ごはんを食べた。おめでとうは、昼間に一回言ったからもういいのだ。

りうは今日、携帯電話の契約に行き、親子割引で私の分もやってくれた。今、初めて自分のケイタイというものがここにあります。うれしいけれど、なんだかソワソワして落ち着かない。「別にかかってきてもイヤだったら出なくてもいいんだよねー」と質問したら、「もちろん」とだけ低く答えていたりう。ばあちゃんみたいな質問ばかりさっきからしているので、ちょっと呆れ顔のりうだ。なんか、ケイタイって自分がもうひとりいるみたいだな。ていうか、まるで私の誕生日のよう。

七月二十五日（木）

朝ごはんは、昨日のサフランライスがまだあるので、かじき鮪のカレーを作った。トマトっぽくしたかったのだが、トマトがないので、撮影の残りのプラムジャムを加えたら、なかなかいい感じになった。今、家の冷蔵庫には何もない。ない時には本当に何もないのだ。かじき鮪だって、撮影の残り物を一枚だけ冷凍してあったものだ。

ケイタイの取り扱い説明書は辞典のようで、まったく初心者の私には、その重さだけで気が遠くなる。ちょっとめくってみたが、じぇんじぇんわかりませーん。

夕方、図書館に行って十冊借りてきました。

私の愛読書『ドリトル先生』もある。翻訳が井伏鱒二だから読み始めたのだが、一昨年はどっぷりはまって、六巻くらいまで読んだ。その続きを借りてきました。

ひさびさに買い物に行き、野菜をたんまり買って来た。近所の商店街の八百屋で。じゃが芋が一キロ八十円、茄子が八十円、ゴーヤが二本で百二十円、ピーマンがでかい袋入りで百円、いんげんが九十円。

夜ごはんは、小松菜の煮浸し、茄子といんげんの炒め煮（太白の黒ごま油でよく炒めて

茄子といんげんの炒め煮
秋刀魚の干物
生ゆば

から、だし汁と醤油と酒で煮含めるだけだが、野菜がいいせいですごくおいしくできた)、秋刀魚の干物、生ゆば、麩と葱の味噌汁。

りうが帰って来るのを待って、ケイタイについていろいろ教えてもらった。電話番号を入れるのを教わったので、頑張って全部入れました。私はあまり電話をかけないから、四十件くらいしかなかったが、(たくさんあると友達が多くて人気者)と、自分のことを思い込む人の気持ちがふらっとしました。

七月二十六日(金)

午後、病院から帰って来たスイセイ。炎天下の中を歩いて行って来たので、また陽に焼けている。汗も吹き出して、赤茶色い薬缶《やかん》のようになっている。ちょっと傍には近寄りたくない感じ。

「今日は街が変じゃったで。じいさんが自転車で急に転んだりの、トラックが変な止まり方したりの、向こう側を歩いとった若い女が、俺を見て、何でかわからんけどプッて吹き出したん。みんな脳が溶けとったで」

先週の血液検査の結果が出たらしいのだが、全体的に良くなっているそうだ。体重もこのままで良いと言われたらしい。「ほいじゃが油断はせんけどの」とご機嫌な様子。早くシャワーを浴びればいいのに。

こんなにも、綺麗だったか、夏の夕方。

いつものように畳の部屋で窓を開けて本を読みくさっていたら、空が青くてたまらなくなり、もう読むのはやめた。洗濯物がすっかり乾いて風に揺れている。トイレに敷く敷物の毛並みの先が、黄金色に光っている。

昨夜、図書館から借りた『あきらめたから、生きられた』を読んだ。わりと最近三十七日間太平洋を漂流して、助かった人の本だ。この人は、石鹸やシャンプーの匂いをかいで、自宅の風呂に入っていることを想像したり、ペットボトルの底に残ったネスカフェの匂いをかいで、コーヒーを飲んでるつもりになり、残り少ない（と思って諦めていた）人生最後の時間を愉しみ、満ち足りていたそうだ。

晩ごはんは、昨夜の残り物と、じゃが芋とちくわの天ぷら、塩鮭、わかめとじゃが芋の味噌汁。私もスイセイも心なしか食欲がない。カスピ海のヨーグルトだけは、昨日、今日と食べている。

七月二十七日（土）

朝ごはんを食べて洗濯物を干したら、バタンと昼寝してしまった。昨夜はおかしな夢を

じゃが芋とちくわの天ぷら
塩鮭
わかめとじゃが芋の味噌汁

みてうなされたので、熟睡できなかったのです。

得体の知れないものが、自分の中からぶわっと出て来て、それが自分の体に覆いかぶさってくる夢だ。それは目に見えないけれど、力の固まりのようなもの。

寝ぼけながらだから確かなことは言えないが、朝方トイレに行ってもどってきたら、寝室の空気が重たかった。試しに襖を開けて寝たら、やっと眠れました。けど、こういう力って、覚醒していたら感じないのではないかと思った。半睡眠のトロトロした状態で脳が休息しているから、そうでない所が活発になって、感知してしまうというような感じがした。

カスピ海のヨーグルトのおかげで毎日快便だ。何回か仕込んでいるが、いつも出来上がりの様子が微妙に違う。ねっとりとしている時もあるし、ポテッと重たい時もある。どういう加減でそうなるかはまだ不明だが、生き物だからということにしておこう。どっちにしてもおいしいから満足しています。

午後から、明日のケイタリングの準備をしに「クウクウ」へ。タプナードと、ひよこ豆とクリームチーズのディップを作った。

サンがギリシャから帰って来たので、カウンターで飲み始め、ヤノ君もシタ君も加わって、酒盛りになってしまった。そして今夜は、かわいい弟たちに教えられました。何を教えられたかについては、こんどまたゆっくり書くことにします。なんか良い気分になってしまい、涙もろくもなっていたので、ちょっとクールダウンしようと、ひとりで下田さんの旦那さんがやっている店に行き、赤ワインを二杯ばかし飲んで帰った。途中、自転車でコケたような気がする。けっこう泥酔状態だったようだ。

七月二十八日(日)

昨夜は、葬式から帰って来た泣き顔の人々と、電車に乗り合わせている夢をみた。知らない人々のはずなのに、気がつくと友人知人たちの顔になっていた。

今日は、矢川さんを送る会のケイタリング。

芸術家関係の有名な方々を大勢見かけた。威厳というのかもしれないが、ひじょうに偉そうな感じを振りまいている方と、酔っぱらって真っ赤になってしまった、やきとり屋のおじさんみたいな、かわいらしい方もいた。本当にものすごく有名なのに、地味で腰が低くて余裕がある方もいた。私は裏方さんとして立ち働いていたが、人間の品性についてウォッチングしてもいた。おもしろかったなあ。「じゃあ、ちょっくらオレはヨ、外で一服してくるからヨ」と言って出て行ったきりもどって来なかったクマさんは、テレビのまんまで、やっぱり素敵でした。

七月二十九日（月）

朝起きたらぐったりくたびれていて、まだいくらでも眠れそうな感じだったけれど、頑張って起きて「クウクウ」へ。三鷹にある「やまもと酒店」の店長が、ワインの説明にいらっしゃるので。ワインが好きでたまらないというのが、じっとりと伝わってくる。やまもとさんが「ワイン」と言う時の発音は、頭に「ウ」が入る感じ。おいしそうで、とても愉しみなものに聞こえる。そして質問すると、わかりやすい言葉で何でも教えてくれる。私が、貴腐ワインのことを腐貴ワインと間違えて言っても、訂正せずに笑わずに、ちゃんと聞いてくださった。

炭で焼いている魚屋に寄ったら、うなぎの蒲焼きを焼いていたので買って帰る。「紀ノ国屋」で、水茄子の糠漬けというのも買った。ちょっと辛子漬けっぽくおいしい。ぬか床がものすごくたくさん入っていたので、捨てずにタッパーに入れて、胡瓜を塩でもんで漬けてみた。明日が楽しみだ。

月曜日は『濱マイク』があるので、晩ごはんはいつもより早めに九時ごろ食べる。今、玄米を炊きながら味噌汁のだしを取っているところ。

『濱マイク』見ました。途中、「見て見て、マイクちゃんのと私のケイタイ同じだ」と騒

うなぎの蒲焼き
水茄子の糠漬け

いで、スイセイに嫌がられる。

昨夜寝ながら、ケイタイにまつわるイメージ的なものに、ちょっとうなされる感じになった。ケイタイって便利なくせに、いろいろな約束があるから、持っていることが不安になる。自由がひとつなくなる気もする。そのくせ、昨夜なんか道路で二本も電話してしまった。さすがに歩きながらというのはまだできないが、すでに便利さの渦に飲み込まれつつある私だ。

七月三十日（火）

どうやら私のケイタイは不良品だったらしい。今、りうが電話でいろいろ確認してくれている。見ず知らずの人と電話で応対するのも苦手な私だが、ケイタイのいろいろなおかしな所を、わかりやすく説明して相手に伝えるということも、とてもじゃないが私にはできない。娘ってすごいもんだなあ。

三時から打ち合わせ。ガスコンロの広告で（雑誌に掲載されるやつ）、そのコンロを使って料理を何品かお教えするというもの。

無事打ち合わせも終わり、今日は、りうが元家で夜ごはんなので、本澤さんと待ち合わせて「クウクウ」にごはんを食べに行った。途中から浴衣を着たスイセイも参加。九時に

鮭のムニエル
茹でピンクじゃが芋
ゴーヤといんげんの醤油炒め

はお開きになったので、てくてくと歩いて帰ろうと思ったが、帰り道、やきとり屋にふらーっと寄ってしまった。

七月三十一日(水)

昨日からはっきりと、夏本番って感じの暑さだ。できるだけクーラーをつけずに頑張っているが、なんか食欲が落ちてきている気がします。

エバ子が近所のプールから、「高山さーん、のど乾いた。そんでもって小腹も減ってる」と電話をよこした。来るなり、「フルーツ、フルーツ」と言うのでぶどうを出してやり、桃を切ってカスピ海ヨーグルトに混ぜてみた。そして目玉焼きを焼いて、冷凍しておいたプラム入りの食パンを焼いて、レタスとマヨネーズを添え、プレートみたいにした。遠い街に嫁に行って、普段はなかなか外出できないんだけど、今日は姑がクラス会かなんかで出掛けたので、久しぶりに遊びに来たいちばん下の妹っていう感じ。相変わらずおしゃべりさんで、華やかでよく響く声なんだこれが。エバ子が「クウクウ」を辞めたのは、三年前だったかな。

夜ごはんは、鮭のムニエルに、茹でピンクじゃが芋(あっちゃんの実家から送ってきた)と、茹でカリフラワー添えの一皿。ひじき煮、ゴーヤといんげんをごま油でよくよく炒めてから、醤油だけで煎りつけるというもの。鮭のムニエルは、ライ麦粉をまぶして焼いてみた。

きのう行ったやきとり屋で冷や奴が出てきた時に、スイセイが「俺はの、みぃが作る変わった料理も好きじゃがの、本当はこういう普通のもんがいちばん食べたいん」と訴えていたのを思い出したが、料理研究家の奥さんになった宿命だから、そこらへんは我慢してもらうより他はないだろう。まずオリーブオイルでにんにくを炒めて取り出し、バターを加えて鮭をじっくり焼いて皿に移したら、にんにくをもどし入れ、醤油とレモン汁と黒胡椒でソースを作った。けっこう香ばしくて中はしっとり、なかなかよかったです。

＊7月のおまけレシピ

茄子の煮浸し、生姜風味

茄子4～5本　だし汁　しょうが　みょうが　その他調味料

夏野菜がおいしい時期です。茄子の他にも、ピーマン、いんげん、きゅうり、トマト、南瓜、ゴーヤ、とうもろこしなど、毎日食べても食べ飽きない元気な野菜ばかりです。

夏のじゃが芋も冬のものとはまた違って、みずみずしくおいしいので、丸ごと茹でるやり方でぜひ食べてみてください。

では、茄子の煮浸しのレシピです。

ひと袋買ってきたら、いちどに作って鍋のまま冷蔵庫に入れておいて、翌日の冷たいのもまたおいしいものです。

茄子は、ヘタのひらひらしたところだけ切りとり、たてに何本も（7ミリ間隔くらいでしょうか）包丁を入れる。これは味がしみやすいようにするためなので、あまり深く入れないでください。

だし汁を沸かして、酒、しょうゆ、みりんを加え、温かいお蕎麦のつゆよりちょっと濃いめの汁を作ります。甘いのが嫌いな方はみりんを少なめに。

沸いてきたら茄子を入れて落としブタをし、弱火でコトコトと柔らかくなるまで煮るだけ。

そのままあら熱をとって、食べる時に生姜とみょうがの千切りと、ごま油をひとたらしします。私はヘタまでぜんぶ食べてしまいます。

2002年 8月

ラーメンをすすっていたスイセイが、「光が弱くなったのう」と言った。
本当だ。これが秋ということなのだ。

八月一日（木）

今読んでいる本は、野口晴哉著『健康生活の原理』。

かなり古い本で、うっすらと茶色になっている。文章が気がきいている。言葉使いが実感的で、とてもわかりやすくおもしろい。昼間に寝転がってさんざん読み、活元というのもさわりだけやってみた。暇だなぁ私と思いながら。

夜、丹治さんに呼び出され、晩ごはんをごいっしょした。

アルタイ共和国の話をたくさん聞きながら、いちいち景色が、けっこうはっきりと頭に浮かぶ。森の中に一軒だけ建っているミュージアムや、その中の部屋の様子、館長のじいさんがしゃべっている声が部屋に響いている感じが浮かんだ時、思わず鳥肌が立ったほどだ。千里眼というのは、もしかしたらこんな感じで見えるのか？

たぶん私の見えているのは自分のイメージだから、実際とはぜったいに違うが、見え方はもしかして超能力者と同じかも。というか単に、丹治さんの説明の仕方や言葉の選び方が上手いのだという話だ。丹治さんは、アルタイに行ったことがよっぽど良かったらしく、今まで自分がかぶっていたものが全部落ちて、新しいものがムキッと出てきたというようなことをおっしゃっていた。「それってけっこう長持ちするでしょう。三カ月くらい?」と気軽に質問してみたら、「とんでもないです。一生もちます」と即答していた。

そういえば飲み屋で、カスピ海ヨーグルトについて「こんどあげるからやってみなよ」とかなんとか言っている若い女の子がいた。流行っているんだろうか。恐るべしカスピ海、あちこちで菌が増殖しているらしい。「固まったら上の固まりを取ってから食べるんだよ」という声も聞こえた。私は気にせずにガーッとかき混ぜて食べていたが、「なんで?」と質問してみたかった。

八月二日(金)

雷がとどろいている。窓の外は鶸《ひわ》色というのだろうか、くすんだ緑で黄土色がかっている。向こうが見えないくらいの土砂降りなのだ。窓を開けると、三本の大きな木が、もたれ合うようにしてぐわんぐわんと揺れ動いている。生臭いような土の匂いもした。

朝ごはんは、マルちゃんのカレーうどん。

このところ、ぱったり仕事の依頼がなかったから、(八月は夏休みだ!)と思っていたら、電話がたくさん鳴って、ばたばたといろんな依頼が。来る時っていちどに来るもんだというのを思い出しました。しかも今回は、料理の仕事からはずれているようなものが多いのだ。頭が混乱するが、とにかくひとつずつやっていこう。明日はスタジオでコンロの撮影なので、何を着て行こうかまず考えることにしよう。そして晩ごはんで、明日作る料理の練習をしようと思う。

夕方になって、外が明るくなってきたと思ったら、天気雨のようになっている。鳥たちがゆっくり旋回し、下の階からピアノの音がしている。下の奥さんがピアノを弾く時間はいつも午前中と決まっているのだが、きっと今、窓を開けて気持ち良く弾いているに違いない。「戦場のメリークリスマス」を練習している。

雨がだんだん上がってきて、東の空が真っ青になっている。

建物も木も、シルエットがくっきりとして明るく艶があり、遠くまではっきり見えるから、遠近感がないような感じ。どこかで見た感じだと思ったら、それはネパールかペルーの高地の景色だ。嵐が大掃除をしてくれたから、空気が特別に澄んでいるのだ。暗い部屋でパソコンをやっているスイセイを呼んできて、「ほーら」と自慢する。

ここのところ、水木しげるのことを足立倫行が書いた『妖怪と歩く』をずっと読んでいる。水木しげるは大好きで尊敬する人だが、本人でなく、大勢の他人が感じる水木像、というのがいろんな角度から書いてあっておもしろい。そして、並行して『ドリトル先生』

も読んでいるので、水木しげるとドリトル先生と井伏鱒二（『ドリトル先生』シリーズの翻訳をしている）が、私の中でだぶって仕方がない。共通点は、三人ともデブで眼鏡をかけていて、酔っぱらった時の鋭さのような人生を生きている。と、ここまで書いて『ドリトル先生』の挿し絵を見てみたら、眼鏡をかけていませんでした。あれは、眼鏡をはずした時のドリトル先生の絵ではないかと私は思う。

八月三日（土）

撮影でひさびさにスタジオに行った。

内容は三品だし、カット数も少ないのに、やっぱりとてもくたびれた。スタジオでやることの良いところは、後片づけが楽ちんというくらいだなと今日思いました。がっつんと抜けているのです、何かが。その何かは、たぶん料理と人間の関係になくてはならないものだ。

帰りに本屋に寄って、水木しげるの『トペトロとの50年』と、おーなり由子さんが絵を描いている『月の砂漠をさばさばと』（北村薫著）を買い、しゃぶしゃぶ用の牛肉も買ったら、ほわーっと心温かくなり、自転車でスイスイと帰って来た。

トペトロはけっこう古い本で、前に図書館で二回借りた。どうしても欲しくて本屋で注文したら、すでに絶版だと言われたもの。上手く説明はできないが、こんな、のんびりと風通しが良くて、世の中にあってもなくても変わりないような本こそ、なくなってはならない本なのになと思い、がっかりしていたのだ。新聞で文庫の広告を見つけた時は、出版界も捨てたもんではないぞと感心しました。

晩ごはんは、柳ガレイの干物と、冷しゃぶサラダと、わかめと玉葱の味噌汁。

八月四日（日）

「クウクウ」で働きました。

働きながら、最近の自分の環境（仕事がらみの）、そしてそれに振り回されている自分について考えていた。焼きビーフンを作りながら……。いやいや今はにんにくを炒め、葱、生姜、干し海老を炒めているのだからと、ぐっと料理を作っている自分に引き戻しながら。

八月五日（月）

広島のかあちゃん（スイセイの母）から電話があって起きてしまった。まだ九時だよー。りうが昨夜から、青春18切符を使って鈍行列車で広島に行こうとしているのだ。それでかあちゃんは、朝から張り切っている。「りうはいったい何時に着くんかねえ」

柳ガレイの干物
冷しゃぶサラダ
わかめと玉葱の味噌汁

昨日も同じような電話があったが。

洗濯をして掃除機をかけて雑巾がけをし、さらに今日は台所を集中的に掃除した。もう半年以上も使っていない素材は、思い切ってどんどん捨てた。粉末ココナッツミルク、クスクス、生春巻きの皮、ミックスナッツなどなど。ベトナム土産のキクラゲ（馬鹿でかい）はもどして冷蔵。白玉粉は近々団子にしてやろうと思うので、捨てていません。小豆もあるし。だけど、大掃除って夏にやるもんではないなと思いながら、汗をだらだらかきながらやった。しかもファックスの調子が悪く、さっきから何度も紙づまりと表示が出て大急ぎで直しているのに、また続いてファックスの電話が。それが五回ほど続いて私は「もうー」と叫んだ。「調子が悪い機械は大ッ嫌いだ！」と、たたいてもみた。すると、昼寝をしていたスイセイが起きてきて、様子をみてくれました。これはつい最近気がついたのだが、スイセイって機械をいじる時、とても優しい手つきでやる。どんな機械でも、道具でも。私は台所に行って黒砂糖をひとつ食べました。波照間のおじいが、手の平に乗せてくれたつもりになって食べた。

夕方から丹治さん、赤澤さん、みどりちゃんと打ち合わせなので、スイセイの晩ごはんを支度してから出掛ける。あなごの卵とじと、しじみの味噌汁だ。そういえば、しじみの味噌汁のことを、しみじみの味噌汁と呼んだ娘が、昔「クウクウ」のスタッフにいたな。

行って来ました、打ち合わせ。アルタイ共和国のお土産で、水色のノートと蜂蜜をもらいました。蜂蜜は、とろっと濃くて蜂の巣が浸かっている。「小さい蜂も入ってたりしますよ」と丹治さんは言っていた。廃物のビンに入っているので、微妙に蓋が合わないが、いかにも農家で作っているような自家製な感じだ。明日、カスピ海ヨーグルトにかけて食べよう。

八月六日（火）

新聞を見ていて今朝気がついたのだが、今日は広島の原爆の日だ。その日に合わせたわけではないが、埼玉の大道あやさんのお宅に行った。真ちゃんと私で十二時に吉祥寺で待ち合わせ、池袋で森下と合流して、着いたのは三時くらいだった。

新刊の絵本『ヒロシマに原爆がおとされたとき』を見ながら、絵本についているCDのあやさんの語りを延々と聞いた。目の前ではその声の主が、斜めになる寝台に横たわり、鳩尾《みぞおち》に手をのせている。目をつぶっているけれど、瞼の縁が時々動くから、寝ているのではないみたい。

窓の外は木が鬱蒼として、セミが合唱している。私はあやさんの話を頭の中にぎゅっと取り込んで、その悲惨な光景を思い描こうとしていたけれど、蜩《ひぐらし》がすぐ近くで鳴いていて、

あなごの卵とじ
しじみの味噌汁
玄米

私は汗をたらしながら良い気持ちになってきて、少しうとうとした。あやさんは、春に行った時よりも少しだけ夏痩せしたかもしれない。お昼の鯵の開きもほとんど残していたし、今日は酒も飲まないようだ。

CDが終わった時、「終わった終わった。こーんなこまい（細かい）もんに、ようけしゃべっとったでしょう」と言って、あやさんは起き上がった。

帰りに、鳥骨鶏の卵をお土産にいただいた。電車を乗り継いで、井の頭線に乗って帰ろうとしている時、今日は真ちゃんとずっと隣り合わせで、ずっと電車に乗っていた日だったなぁと思った。

帰ってから、スイセイがビデオに撮っておいてくれたNHKの原爆のテレビを見た。あの日の光景をやっと絵に描き残す気持ちが出てきた、被爆者のじいさんたちが出ていた。絵を描くことは思い出すことだから、心に沈めていた強い悲しみを、皆ずるずると引き出して、声も顔も震え、ゆがんでいた。この人たちは、そろそろ自分も死ぬと思っている。

八月七日（水）

白米を炊いて、あやさんの所でいただいた鳥骨鶏の生卵をかけて食べたら、手の平や足の裏がポーッと温かくなり、ぼんやり眠くなってきた。

畳の部屋で寝転がって『ドリトル先生』を読んでいたら、寝てしまった。

仕事の電話で起こされ、干してあった布団をずるずると敷いて、本格的に寝た。腰のあたりからじわじわとものすごい眠気がくるのを感じながら、ひたすら眠った。目が覚めても起きる気になれないくらいに、まだ眠気が体に詰まっている。セイリだし、腹もこわしているし、なんだか悪いものをたくさん出して、寝ながらも体の重たいものをたくさん出しているような気持ちで、延々眠った。たぶん原爆についてのイメージを、昨日一日の間に、私は体の中に溜めたのだと思う。

次に目が覚めたら外は真っ暗で、網戸ごしにいい風が入ってきていた。

晩ごはんは、昼間に作ったピーマンとソーセージの炒め物と、冷蔵庫にあったひじきと、わかめと麩の味噌汁と、冷やしトマト。

りうが広島に行っていないので、スイセイとふたりでいると、娘が独り立ちした老夫婦のような、つつましい気持ちがする。

八月八日（木）

美容院に行ってきた。

帰りに「紀ノ国屋」で、無花果入りの黒パンや、冷やしラーメン（冷やし中華ではなく、

ピーマンとソーセージの炒め物
ひじき
冷やしトマト

スープが冷たいぶっかけラーメン。これに青唐辛子の酢漬けをかけるのが最近気に入っている）など買い、「おいしい魚屋」さんで水ダコの刺し身、サザエ、カンパチの切り身を買った。カンパチは照焼きにでもしようと思う。

スイセイはファックスを分解して直している。さっきからずっとやっているので、「楽しいか？」と聞いてみたら、「うんにゃ（ううん）」とひと言答えて、またやっている。「俺は因果な性格かもわからん」とも言いながら。壊れたら新しく買い替えたり、修理に出したりせずに、まず自分で修理するのがスイセイのやり方なのだ。靴下やパンツを干す用の物干しも、洗濯ばさみが取れたら、針金でつけ直したりして、もう何年も同じのを使っている。

今気になっている本は、穂村弘の『世界音痴』。

八月九日（金）

無花果入りのパンは、チーズをのせて焼いて、黒胡椒をひいて食べた。

それにしても今日は電話とファックスが多く、まったくオフィスのようだった。あまりに立て続けにかかってくるので、私はクールなＯＬさんのように、テキパキと爽やかに受け答えをしていたけれど、ファックスの紙詰まりを直しながら受けているスイセイは、パンツとTシャツで、脇からふくろがこぼれている。そして私はタンクトップにひざ丈スカートで、首にはタオルを巻いている。

次の撮影のメニューを考えたり、これから始まる連載の内容についてポヤンと考えたりしているうちに晩ごはんの時間に。塩鯖、おぼろ豆腐の湯豆腐、ゴーヤの梅醤油かけ、焼き茄子、玄米。おぼろ豆腐はざるに上げて自然に水を切ってから、昆布を入れた水をはった鍋で静かに煮るのです。塩ごま油か、醤油ごま油をちょっとかけ、越生で買ってきた青柚子をしぼって食べた。

八月十日（土）

佐賀町の食糧ビルで、「クウクウ」の子たちがグループ展をやっているのに行った。座る所もあって、食べ物飲み物も少しあって、お店のようになっていました。なんか、私の妹弟たちがごにょごにょと何かをやっていて、（なーにやってるんだろうねこの子たちは）と思って行ってみた感じだったが、ちょっと皆を改めて見渡すような、私の知ってるつもりから外れていて、「へえー」と感心した。

帰りに「のらぼう」でごはんを食べ、りうも誘って飲み会になった。りうがガンガンビールを飲んで、店のマキオ君に堂々と話しかけていた。りうって子供だとばっかり思って

おぼろ豆腐の湯豆腐
ゴーヤの梅醤油かけ
塩鯖

いたけど二十四歳なんだし、マキオ君は二十七歳だというから当然だよな。ふたりがつき合ったりすることだってありうるわけだ。などと感心しながら、隣でへらへら焼酎を飲んで酔っぱらった。

八月十一日（日）

ちょっと二日酔いのせいもあるとは思うが、バテバテって感じでエプロンを何度も締め直して気合いを入れ、頑張って「クウクウ」で働きました。新井君も夏バテだそうで、ふたりして食欲ない感じ。

私は今日、皆がとてもしっかりとしていることを何度も感じました。ヤノ君に料理の出し方が早過ぎると、真面目な顔でがっちり注意されもした。シェフだからって、もう言うことが何もないなと思う。それは皆が頼もしくて、うれしい気持ちだ。そしてどういうわけか、男の子たちの顔が全員やたらカッコよく見えた日でもあった。

八月十二日（月）

図書館に行って五冊借りてきた。

この間から気になっている、『世界音痴』はもう借りられていたし、深沢七郎の本は一冊もなくて、うーん何を借りようかと思いながら、そういやばななさんの日記に、南米文学でおもしろそうな人のことが書いてあったな。ジャみたいのがつく女の人の名前だったよなと、適当な気持ちで『精霊たちの家』というのを借りてきた。読みでがあっておもしろそうだったので。それでさっき、ばななさんの日記を確かめてみたら、イサベル・アジエンデでした。当たっていました。うっれしーい気持ちで、今読み始めたところ。

夕方、涼しいので扇風機を消してみた。消してもまだ涼しいので、ひさびさにミルクティーをいれてみた。夏が終わるのは淋しいけれど、体は秋を待っているのか。

晩ごはんは、牛肉と茄子の炒め物、胡瓜の塩もみ、こんにゃくの炒り煮、ゴーヤの卵焼き、油揚げと葱の味噌汁、玄米。

八月十三日（火）

鎌倉の材木座海岸で花火大会。

スイセイと少し早めに行って、赤澤さんおすすめのそば屋「こ寿々」へ。行ったら必ず頼みなとメモをもらっていた、わさび芋、鴨焼き、出し巻き卵とビールで、まずは乾杯。そして辛み大根蕎麦と、スイセイはつけ芋蕎麦。おいしかったー、大満足でした。店の人たちも全員が感じ良く、清潔で、風通しが良い感じ。

牛肉と茄子の炒め物
胡瓜の塩もみ
ゴーヤの卵焼き

ビーチサンダルで、てろてろとその辺を散歩しながら浜に向かった。浜はびっしりと人々で埋め尽くされていたが、海の家でアルバイトしている赤澤さんが、とってもスペシャルな席をとっておいてくださった。

花火はすごかった。フィナーレは、水上からと空からの同時大連発で、音もまたドカドカと腹ワタに響いて、何が何やら、自分がどこにいるのかもわからなく、夢なのかもと一瞬思ったくらい。あちこちで叫び声が上がっては花火の音にかき消され、私もいっしょになって「うぉ———っ」と叫んだら、自分が馬鹿のようになり、つーっと涙がこぼれました。しかしこの世にこんな贅沢なことがあっても良いのだろうか。こんなにすごいものは、一生に一度で充分です、というのが感想だった。何度も見たら、感動が薄まってしまうような気持ちだ。

「こ寿々」名物の、わらび餅をお土産で買って帰ったが、柔らかくとろとろで、品のある甘さ。とてもおいしかった。

八月十四日（水）

田舎へ帰郷。小田急ロマンスカーに乗って小田原で乗り換え、吉原駅へ。新幹線だと景色があまり良くないし、あっという間に着いてしまうので。東海道線で海沿いを通る時の景色を、スイセイに見せてあげたかったのです。根府川駅《ねぶかわ》（真鶴のひとつ前）のあたりは、海に向かってなだらかな坂になっていて、小さな家がかわいらしく並び、山も迫っている。「俺はここに住むど」と、スイセイはかなり気に入っていた。

海が近いっていいなあと、近頃とみに思います。朝でも夜でも、ちょっと散歩にって感じで海があったら、どんなにかすばらしいだろう。

夕方には吉原に着いた。富士山は残念ながら雲をかぶっていて、尾根のあたりしか見えない。なにやら今日は家族が集まって、相続のことなどを話し合うのだという。

八月十五日（木）

昨夜は、朝の六時まで兄夫婦と飲んでしまった。

午後に起きて墓まいりに行き、そのままスイセイとてくてく散歩した。近所なのに、テリトリー外で子供の頃にも行ったことのないような所も歩いた。ソーダ味のアイスを食べながら、サンダルでてこてこ歩いてゆく。

そして夕方の新幹線で、ぐったりと帰って来た。

夜ごはんは、りうに鮭ご飯の作り方を教えながら、はまぐりの潮汁を作る。米を研いで炊飯器に入れ、酒、ナンプラー、薄口醤油、塩、ごま油を加えた普通の水加減の上に、だし昆布と塩鮭をのっけて炊くというもの。味つけをごく薄く、白っぽくするのがコツだ。炊き上がってから鮭の身をほぐして骨を取り除き、大葉を加えてさっくり混ぜる。夜中の一時に家族三人で食べました。

八月十六日（金）

朝から電話が何度も鳴ったが、そのたんびにもそもそと電話に出て、またすぐに布団にもどり、夢の続きをみる。その繰り返し。陽に焼けてプールで泳いだ後のような、ぐったりとした眠気が体中に詰まって、いくら寝てもぜんぜん抜けていかない感じだった。そして夢は、誰かに追われて殺されそうになるような、ちょっとばかしスケベな要素もあるSF超大作だった。

最後の電話はTBSからだったので、話しているうちにどんどん起こされてしまった。収録が来週中なので、今日のうちに打ち合わせをすることに。夕方から二本打ち合わせが入っているので、ついでにやってしまおうという魂胆だ。それにしても、これを書いている今でもまだ眠たい。

八月十七日（土）

本のスタッフ八人が全員集まって、家でごはん会。

夕方六時に集合して軽く打ち合わせをし、ワインなど飲み始め、じゃが芋のお焼き、平パンのハーブ包みのコーカサス風と、平パンの豚肉や香菜や葱を包んだ中華バージョン、上海茄で餃子、焼き野菜、などを作った。途中からスイセイとりうも参加して、泡盛になって焼酎までいった時は、もう朝の六時でした。

本を作り始める前に、こんだけ飲んで、なんだかんだ意見を交換し合ったのは初めてだった。私は興奮ぎみで、飲みすぎで、皆が帰ってから吐きました。

八月十八日（日）

「クウクウ」の日。ひとつひとつ丁寧に料理を作った。

二日酔いの時って、なんか優しい気持ちになってしまうな。気持ちも体もダメージがきて、自分が弱っているせいだろうか。野菜にも肉にも、やたら愛情が沸く。そしていっしょに働いている皆のことが大好きで、ひとりずつキスをしたくなるほどだ。きっと私は、ニターッとした顔をして働いていたことだろう。

平パンのハーブ包み
上海茄で餃子
焼き野菜

八月十九日（月）

みどりちゃんから電話で、おとといのことの余韻をお互い報告し合う。

今日は充電の日だ。テレビのレシピや次の撮影の準備など、今までパソコンでやっていたが、段落がついたのでまたひと眠りしようと思う。

八月二十日（火）

昨夜は朝の五時に寝たのだが、パカパカして（家の母が眠れない時の表現でよく言っていた）八時には起きてしまった。おととい煙草の吸いすぎで、咳が出て、その咳で起きてしまう感じだった。これしきのことで忙しいなんて言ったら申し訳ないが、私にはこの二週間というもの、頭からはみ出るくらいのスケジュールなので、昨夜は、やるべきことを箇条書きにしてカレンダーに書き込んだ。それでやっと安心して寝ようと思ったのに、咳で眠れなかったというわけだ。たぶん私は興奮してもいるのだと思う。

夕方から、また本のメンバーと打ち合わせ。「クウクウ」でごはんを食べながら。

十時半には終わったが、私はもう一軒はしごしたいのをぐっとこらえて帰って来た。この咳を、テレビの収録までに完治させておかないと。これからの二週間を無事に過ごして、やっと本の撮影に入るのだ。楽しみで楽しみで、もう、早く、やりたいという気持ちが溢れてきて、そわそわしているのです、今も。

夜中に本を読んでいたら小腹が空いてきたので、リガトーニを茹でながら、玉葱といんげんと豚肉を炒めていた。クリームチーズを加えたところで、今日はデートで彼氏と晩ごはんを食べてきたはずのりうが、鼻をクンクンさせて台所にやって来た。けっきょく皆小腹が空いていたらしく、スイセイも呼んで夜食タイムとなった。

八月二十一日(水)

痰がからんで仕方ないが、咳は治まってきた。

テレビ用の仕入れに行くついでに、「カリス成城」で、薬草のクリームや水に溶かして飲むエキスなどを買った。最近私は目の周りがアトピーのようになっていて、何をやっても治らないから、「クウクウ」のちいちゃんに相談したらそこの店を教えてくれたのだ。ちいちゃんが言うには、環境が変わったりして、自分では気がついていない気持ちのストレスや疲れが、目の周りに出ることがよくあるらしい。そう言われたらちょっとそんな気になってきた。そうかー、くたびれているのか私は。

帰ってから熱をはかると七度ちょっとあった。煙草の吸いすぎかと思っていたが、どうやら風邪なのかも。顔を洗ってそのクリームを塗り、布団に入ってばななさんが送ってくださった新刊『王国』を読む。本に流れる全体的なイメージと、薬草クリームが自分の肌に染み込んでゆく匂いがリンクしてしまい、いい気分で眠くなってきた。ばななさんの本を読んでいて眠くなることなど、いまだかつて一度もなかったのに。一気にうわーっと読み倒してしまうのが常だったのに。読み心地が良いのだ、とっても。それで、もうこのまま寝てしまうことにした。

目が覚めたら九時だった。フラフラと起き上がって、夜ごはんの支度をする。今日の献立は、豆腐ハンバーグ、たらこと豆腐の蒸し物、じゃが芋の味噌汁、玄米ご飯。豆腐ハンバーグは、パン粉を多めに入れて多めの油でカリッと焼いた。焼き汁に酒、醤油、玉葱のすりおろし、バターを入れて煮詰めたもの。

ごはんを食べ終わって、本の続きを読み始める。薬草クリームをまた目の周りにすり込んでから。

豆腐ハンバーグ
たらこと豆腐の蒸し物
じゃが芋の味噌汁

八月二十二日(木)

ついにダウンです。朝、あまりにも咳がひどかったので、病院に行って風邪薬をもらい、薬のせいで朦朧としながら眠り続ける。

八月二十三日（金）

朝起きたら咳はますますひどく、雨も降っているし、暗い気持ちで十二時にスタジオ入り。咳止めシロップを飲んで気合いを入れたら、知らず知らずに咳は治まり、お茶をちょくちょく飲んでのどを潤しながら、どうにか六時には収録が終わりました。

それにしても、何度もダメだしが出て（私の説明の仕方や言葉遣いがおかしかったり、言葉が出なくて沈黙したり、えーと、と何度も言うからだ）、一時はどうなることかと思いました。しかし、作った料理は全部本当においしくできた。カメラや音声の人たちも、「マジうまいっす」とおっしゃってくれました。私は、こういうのが本当にいちばんうれしい。

この模様は、九月二日の『はなまるマーケット』で放映されます。

八月二十四日（土）

あやさんの同居人の赤松じいさんが、今日、白内障の手術なのを思い出し、布団の中で（頑張って赤松さん）と、ぐっと念じて目をつぶっているうちに、また寝そうになってしまった。「のびるで！」とスイセイが襖を開けて叫ばなかったら、またぐうぐうと寝てしまったことだろう。スイセイは朝ごはんにほうれん草と豚肉入りのラーメンを作ってくれた。豚肉は、使い残した50グラム分の厚切りに、適当に塩をして五日目のものだ。肉がしまって肉汁がため込まれ、ラーメンのスープで煮ただけなのに焼き豚よりぶりっとしてとてもおいしい。塩と豚とねかした時間だけなのに、こりゃあすごいもんだなあと感心していたら、ラーメンをすすっていたスイセイが、「光が弱くなったのう」と言った。本当だ。これが秋ということなのだ。

昨日の収録で化粧を少し厚めにしたせいで、目の周りが腫れてますます赤くなっている。薬草クリームを塗って、今『世界音痴』を読んでいます。世界音痴というのは、一般的な世界に対して感覚がずれているという意味らしい。

今日の予定は、文章の仕事と、映画の感想コメントを考えること。あさっての撮影の準備で、ケーキを一本焼くことだ。

昨夜は収録が終わってから、スイセイとりうとササ坊と「クウクウ」で閉店まで飲んだ。飲んでいる時には冗談ばかり言い合っていたくせに、駅まで送った改札の所で、りうがササ坊に抱きついたかと思ったら、ぼろぼろと大粒の涙をこぼしている。あんまり人前で泣かない娘だから（私が見たのはたぶんこれで二回目だ）、びっくりした。

秋田から上京したササ坊は、スイセイの二十代の頃からの友人で、今はふたりの男の子の母親。肝っ玉かあさんという感じの人だ。りうも小さい頃、さんざん遊んでもらったらしい。抱きつかれたササ坊も、「みいちゃんの言うことをよく聞いてな、頑張るんだよ、りう」と言って泣いている。なんか、育ての母に再会したりうを、継母の私が見守っているという感じの場面だった。私ももらい泣きしながらスイセイの方を見ると、わざと他所を見てつっ立っていた。

そして、ササ坊がお土産に持ってきてくれた、オクラや枝豆やら茄子やら胡瓜やら獅子唐やら畑の野菜を（朝、じいちゃんがひき抜いてくれた）、今夜は料理しようと思う。夏のなごりの野菜たちだ。

八月二十五日（日）

「クウクウ」の日。テレビの人たちが撮影に来たりして、なんだか落ち着かないまま忙しく働いた。秋のおすすめメニューで沖縄ソーキそばをやるので、ソーキを、沖縄好きの新井君に任せて仕込んでもらったら、それがとろとろに柔らかく、おいしく出来上がった。私は、自分が作っても誰かが作っても、おいしく出来た時がいちばんうれしい。

どうやら風邪は治ってきたみたい。薬のせいで便秘になる気がするので、もう飲むのをやめることにする。

八月二十六日（月）

日置さん、池ちゃん、藤原さんのいつものメンバーで、ひさびさに撮影だった。床に座って、すり鉢を股にはさんで胡麻をすっている時、日置さんは立て膝でカメラを覗いてぐっと近寄り、シャッターの連続的な音がして、胡麻すりのゴリゴリ音が腹に響き、ちょっと私はクラッときました。薄暗い部屋の中で、誰も何もしゃべらずにつっ立ったまま、私がすっているすり鉢の中の様子を覗いている。時間が止まったような、そこだけ切り取った時間のような、なんかわからんけど、至福なような気持ちになったのだと思う。

四時には撮影が終わり、陽が照ってきたので、散歩がてら図書館へ。「夢判断」の本でも借りに行こうと思って。なんでかと言うと、昨夜落下する夢をみたからだ。エレベーターの箱がない空間のような、けれどのっぺりした四角い穴のような所を、ジャンプしてから飛び降りる夢だ。飛ぼうとしたら意外にも落ちてしまったという感じで、すごい高さを落ちていった。途中で内臓がぐわんと持ち上がった感触で目が覚めた。すごい怖かった。

夢判断によると落下の夢というのは、何かの障害や問題を乗り越えたがっていることを意味するんだそうだ。そしてその時に、何かを失うのではないかという不安を表していることもあるんだって。乗り越えなければならない障害が大きいほど、どこか高い所から落ちる夢を見やすいとまで書いてある。うーん、当たっているような気がしないでもないぞ、最近の私。

八月二十七日（火）

昨夜は咳が止まらなかった。大急ぎで薬を再開したが、すでに時遅くまったくの風邪状態だ。「夏風邪はしつこいですよ」と医者に言われていたのはこれだったか。薬も最後まで飲みきるようにと言われたのに、すっかり油断して気前よく煙草まで吸っていた私が悪いのだ。

反省してひたすら眠る。本を読んではまた眠る。六時過ぎにやっと起きて、今風呂に入ったところ。これから次の撮影のレシピをまとめなければ。そして晩ごはんは何にしようか。買い物に行きたくない。

八月二十八日（水）

朝、カンカンと乾いた咳で目が覚めた。昨夜の炊き込みご飯の残りにしらすをのっけて食べ、薬を飲んでまた横になった。しらすって私は好きだなあ。薄い塩味でホワホワしていて、ちりめんじゃこよりもずっと好きだ。病気の時にでも食べたくなるようなものが、その人のいちばんの好物だと思う。私は海苔としらすだな。

昨夜の炊き込みご飯しらすのっけ
しめ鯖
豚バラと豆腐と小松菜の中華炒め

というわけで、少し横になっていたら、なんとなく元気があるような気がして起きてみた。洗濯をしたり、パソコンをやったりしているうちに、咳が出なくなってきた。風呂に入って気分もスッキリだ。文章の仕事もスラスラとはかどって丹治さんにお送りしたので、スイセイを誘って買い物に行く。

空は青いが、なんとなく雲が黄色がかっていて、明るさがおとなしい。秋の夕方だなあ。そして風邪をひくのって、たまにはだいじかもって思った。このスッキリ感は、寝る時にもずっと担いでいた重たいリュックを降ろして、温泉に浸かって出てきたような清々しさだ。

昨夜も咳をしながら『王国』をもういちど読んだが、身体に響くような本だなと思いました。なんというか、私の寝ぼけた頭に感応するような、素直な脳に染みるような。

夜ごはんは、しめ鯖、豚バラと豆腐と小松菜の中華炒め、茹でブロッコリー、じゃが芋の味噌汁、玄米。煙草は昨日からぜんぜん吸ってません。このまま禁煙したいという気持ちと、心置きなく吸ってみたいという気持ちと、両方感じているが、とりあえず今日のところは禁煙しておこう。またぶり返したらいやだから。

八月二十九日（木）

昨夜また咳が出てよく眠れなかった。何なんだこのしつこい咳は。煙草はずっと吸ってないのに。怖くて吸えない感じだ。

『デリデリ』を録画するので十一時前に起きた。スイセイもいっしょに見ていて、ちょっとだけ褒められました。気分が良いのでそのまま起きて、シーツや布団カバー、布巾、バスタオルなど白いものばかりを洗濯した。台所のレンジも磨いた。先週からの諸々の仕事が片づきつつあるのだ。今日はこれから「クウクウ」に行って、秋のおすすめメニューの仕込みだ。帰りに、明日の撮影の仕入れをすれば良いのだ。そうしたら、ほとんど私はゼロにもどれる。ゼロにもどって本の撮影がスタートだ。その間、他の仕事が入っても断る覚悟。

八月三十日（金）

無事撮影が終わって、クーラーを消して窓を開け放ち、本澤さんたちとビールで乾杯した。七時半で解散して、今日やった料理のレシピの打ち直しをたらたらとやっていたら、ムラムラと遊びたい熱が沸いてきてしまった。「終わったぞ」という感じなのだ。八月の詰まっていた仕事が、やっとぜんぶ片づいたのだ。

なんとなしに原君に電話したら、マツナリが来ているという。「ふーんそうか。今日は遅いからじゃあまたこんど行くね」と電話を切ったが、それから三十分したら、私は駅に立っていた。電車に乗りながら、こういうことって昔はしょっちゅうだったことを思い出した。誰かに会いたくなったら、思い立ったその時に、何時だろうが電車に乗って会いに行っていた。相手に迷惑だとかみじんも疑わずに、電話もかけずに突然行ったりもしていた。うーん、恐ろしいことだ。

原家に着いたのは十時前だった。それでけっきょく皆で朝まで飲んでしまい、始発で帰って来ました。

朝から起きて仕事して、そのまま朝まで飲むということでもしない限りなれない精神状態というのがありますが、今日は、本当に久しぶりにそういう状態になった。始発電車を降りて、ゴミの収集車が街を巡回している頃、くたびれがピークになるらしく、見慣れている街の本当の景色が見えるようになるみたい。きれいでも汚くも凹凸もなくて、ただ隅々まで全部同じ明るさで見えてしまう無機質な景色。夢も希望も華やぎも、私の脳が勝手に作り出してるから、普段の私の目はいつも嘘をついている。クールダウンして街を眺めると、私のやっていることや、有名とか収入とか、(それがどうした?)っていう気分になる。だからと言って、やる気がなくなるとか生きる希望がなくなるというのではなく、まったく逆の所から、ぐっと落ち着いたやる気のようなものが出てきて、腹に居座る。

やっと遊びたい熱が静かになった感じ。たぶん私は興奮していたので、腹を座らせて良い本が作れるように、身体を利用してこういう精神状態を味わえるように仕組んだのだ、という気がする。

八月三十一日(土)

昨日はお酒を飲んでも煙草は吸わなかった。咳はまだ治まらないけれど、ここのところの便秘が一気に解消された感じ。お酒って不思議なもので、飲みすぎると、身体が悪いものをついでに掃き出してくれて、大掃除できる気がする。

三時にねこちゃんから電話で、近況など報告し合う。ねこちゃんは、最近地方に出掛ける仕事をたくさんやっているらしい。仕事を減らすようになったとは言っているけど、よく聞くとやっぱりとんでもないスケジュールで動いているようだ。けど、元気そうで安心した。

昨日のレシピを直したり洗濯したりして、夕方にはまた寝てしまった。りうが冷蔵庫をごそごそやっているのが聞こえたので、八時に起き出して晩ごはんを作る。豆腐ハンバーグ、キャベツと胡瓜の塩もみ、水菜と椎茸のおひたし、豆腐の味噌汁、たらこ。

食べ終わったらさっさと風呂に入り、布団に寝転がって読書タイムだ。網戸からは涼しい風が入ってくる。今読んでいるのは、『エバ・ルーナ』イサベル・アジェンデ。おもしろくてぐんぐん読んでゆく快感。私はこの人のセックス観（と言えるのかどうかわからないが、小説だから）が好きな気がする。たとえば、男を気持ち良くさせてあげられることが女の純粋な歓びで、腐れた気持ちがなく、性愛とか情愛というのが大地的というか、おおらかなイメージを感じる。風通しが良いというか、肥沃な土地に川が流れているような。それは南米という土地のお国柄なのだろうか。

関係ないが、古い本って、小さい虫が間にはさまっていて、読んでいるとそのベージュ色の小さい虫が、紙の上をとことこ歩いていることがよくある。そのたびに私は「本の虫」という言葉が思い浮かんで、（自分のことだ）と思う。

豆腐ハンバーグ
キャベツと胡瓜の塩もみ
水菜と椎茸のおひたし

＊8月のおまけレシピ

インゲンと豚肉のチーズマカロニ

マカロニ（リガトーニ）200グラム　いんげん½束　豚こま適量
玉葱½個　クリームチーズまたは溶けるチーズひとつかみ
その他調味料（2人分）

マカロニは日もちがするので、2種類くらい常備しておくと便利です。そういえば私はひとり暮らしの頃、お金がなくて、マカロニばかり食べていたことがありました。ソーセージとトマトペーストで炒めたり、オイルサーディンを入れたりして、弁当にしていたこともあります。貧乏でも、マカロニだとなぜか淋しい気持ちにならなかった。スパゲティはのびてしまったら台なしだけど、マカロニはのびたくらいがおいしいのも、またステキなところです。では、レシピです。

たっぷりの湯をわかして塩をひとつまみ入れ、リガトーニをゆでます。表示の時間を信用せずに、好みの柔らかさになるまで。私はちょっとよけいにゆでるのが好きです。

ゆでながら、フライパンを強火にかけて玉葱の薄切りをオリーブオイルで炒めます。しんなりしてきたら豚肉を炒め、色が変わったらいんげんのぶつ切りを加えてさらに炒めます。

いんげんが固かったら、ちょっとゆで汁を加えて炒め、塩と黒こしょうをひとふり。

ゆで上がったリガトーニをざるに上げ、水けを軽く切ってフライパンに加えます。さいころに切ったクリームチーズか溶けるチーズを加え、もういちど塩、こしょうで味をととのえて出来上がり。

しょうゆをちょっとかけてもおいしいです。

＊このころ読んでいた、おすすめの本

『シマノホホエミ』長野陽一　情報センター出版局
『リトル・トリー』フォレスト・カーター　めるくまーる
『黄色い本』高野文子　講談社
『るきさん』高野文子　ちくま文庫
『モロッコでラマダーン』（上・下）たかのてるこ　幻冬舎
『クララ洋裁研究所』立花文穂　バーナーブロス
『ミタカくんと私』銀色夏生　新潮文庫
『くねくね日記』田口ランディ　筑摩書房
『なるほどの対談』河合隼雄、吉本ばなな　NHK 出版
『かわいいからだ』寺門琢己　メディアファクトリー
『センセイの鞄』川上弘美　平凡社
『緑の資本論』中沢新一　集英社
『ドリトル先生物語全集』（全 12 巻）ロフティング／井伏鱒二 訳　岩波書店
『健康生活の原理』野口晴哉　全生社
『トペトロとの 50 年』水木しげる　中公文庫
『王国　その1』よしもとばなな　新潮社

あとがき

この日記を書いてから、もう何日も日々が過ぎてゆきました。そして何度も登場している「クウクウ」は、去年の暮れについに閉店となりました。

たてつづけに妊娠したスタッフ五人のうち、三人が無事出産。弟、妹のように可愛がっていた皆はちりぢりになって、それぞれの道を歩き始めました。

私の日記を読んでくださった皆さんにも、いろいろな日々があったことと思います。気軽で下世話で、昨日とたいして変わらないような日々を過ごしてきたようでいて、迷ったり、やっぱりやめようと思ったりしながらも、毎日は紙を重ねるように、確実に厚みを持っていった。

二年たった今、自分の日記を読み返して思うことは、「毎日」ということのすごさについてです。

本を作ったり、何か作品を作って表現することももちろんすンばらしいのですが、日々を過ごし重ねてゆく日常の中には、とんでもない密度で何かがつまっている。

なんといっても、日記の中では出会ったばかりの丹治君が、こうして新しいレーベルから『日々ごはん』を出版してくれることになろうとは！　感謝です。

最後になりましたが、読んでくださった皆さま、ありがとうございました。つまらない私の日常につき合わせてしまって、申しわけございません。けれど人々の日々の営みというのは、きっとどこかでリンクしていると私は信じております。

「日々ごはん」に登場してくださった皆さま、読んでくださったすべての皆さまに、福を。

これからもまだまだ毎日は続きます。

二〇〇四年　沈丁花の香る夜に　　　高山なおみ

本書は高山なおみ公式ホームページ『ふくう食堂』（2002年2月～8月）に掲載された日記「日々ごはん」に加筆訂正して構成したものです。http://www.fukuu.com/

高山なおみ　1958年静岡県生まれ。料理家、文筆家。レストランのシェフを経て、料理家になる。におい、味わい、手ざわり、色、音、日々五感を開いて食材との対話を重ね、生み出されるシンプルで力強い料理は、作ること、食べることの楽しさを素直に思い出させてくれる。また、料理と同じく、からだの実感に裏打ちされた文章への評価も高い。著書に『日々ごはん①〜⑫』、『帰ってきた 日々ごはん①〜④』、『野菜だより』、『おかずとご飯の本』、『今日のおかず』、『チクタク食卓㊤㊦』（以上アノニマ・スタジオ）、『押し入れの虫干し』、『料理=高山なおみ』（以上リトルモア）、『今日もいち日、ぶじ日記』、『明日もいち日、ぶじ日記』（以上新潮社）、『気ぬけごはん』（暮しの手帖社）、『新装 高山なおみの料理』、『はなべろ読書記』（以上KADOKAWAメディアファクトリー）、『実用の料理 ごはん』（京阪神エルマガジン社）、『きえもの日記』、夫・スイセイ（発明家・工作家）との共著『ココアどこ わたしはゴマだれ』（以上河出書房新社）、『たべもの九十九《つくも》』（平凡社）など多数。近年は絵本作りにも精力的に取り組んでおり、画家・中野真典との共作として『どもるどだっく』（ブロンズ新社）、『たべたあい』（リトルモア）、『ほんとだもん』（BL出版）、『くんじくんのぞう』（あかね書房）がある。
公式ホームページアドレス　http://www.fukuu.com/

日々ごはん①

２００４年６月３日　初版第１刷　発行
２０１９年２月５日　初版第９刷　発行

著者　高山なおみ

発行人　前田哲次
編集人　谷口博文
アノニマ・スタジオ
東京都台東区蔵前２-14-14　２F　〒１１１-００５１
電話　０３-６６９９-１０６４
ファクス　０３-６６９９-１０７０
http://www.anonima-studio.com

発売元　ＫＴＣ中央出版
東京都台東区蔵前２-14-14　２F　〒１１１-００５１

印刷・製本　株式会社廣済堂

ISBN978-4-87758-602-7 C0095 ©2004 Printed in Japan

アノニマ・スタジオは、
風や光のささやきに耳をすまし、
暮らしの中の小さな発見を大切にひろい集め、
日々ささやかなよろこびを見つける人と一緒に
本を作ってゆくスタジオです。
遠くに住む友人から届いた手紙のように、
何度も手にとって読みかえしたくなる本、
その本があるだけで、
自分の部屋があたたかく輝いて思えるような本を。

anonima st.